LORD SERENO

<hr>

PAQUITO MONTAÑEZ

DISEÑO DE CARÁTULA
Enrique Jaramillo-Barnes

MONTAJE DE INTERIOR
Por el Autor

COLABORACIÓN CON EL TEXTO
Aurora Antadillas de Rodríguez &
Edwin Vázquez

Ordene este libro:

www.amazon.com

www.lordsereno.com

Lord Sereno

Por Paquito Montañez. – Edición 2018

ISBN 978-9962-00-685-5

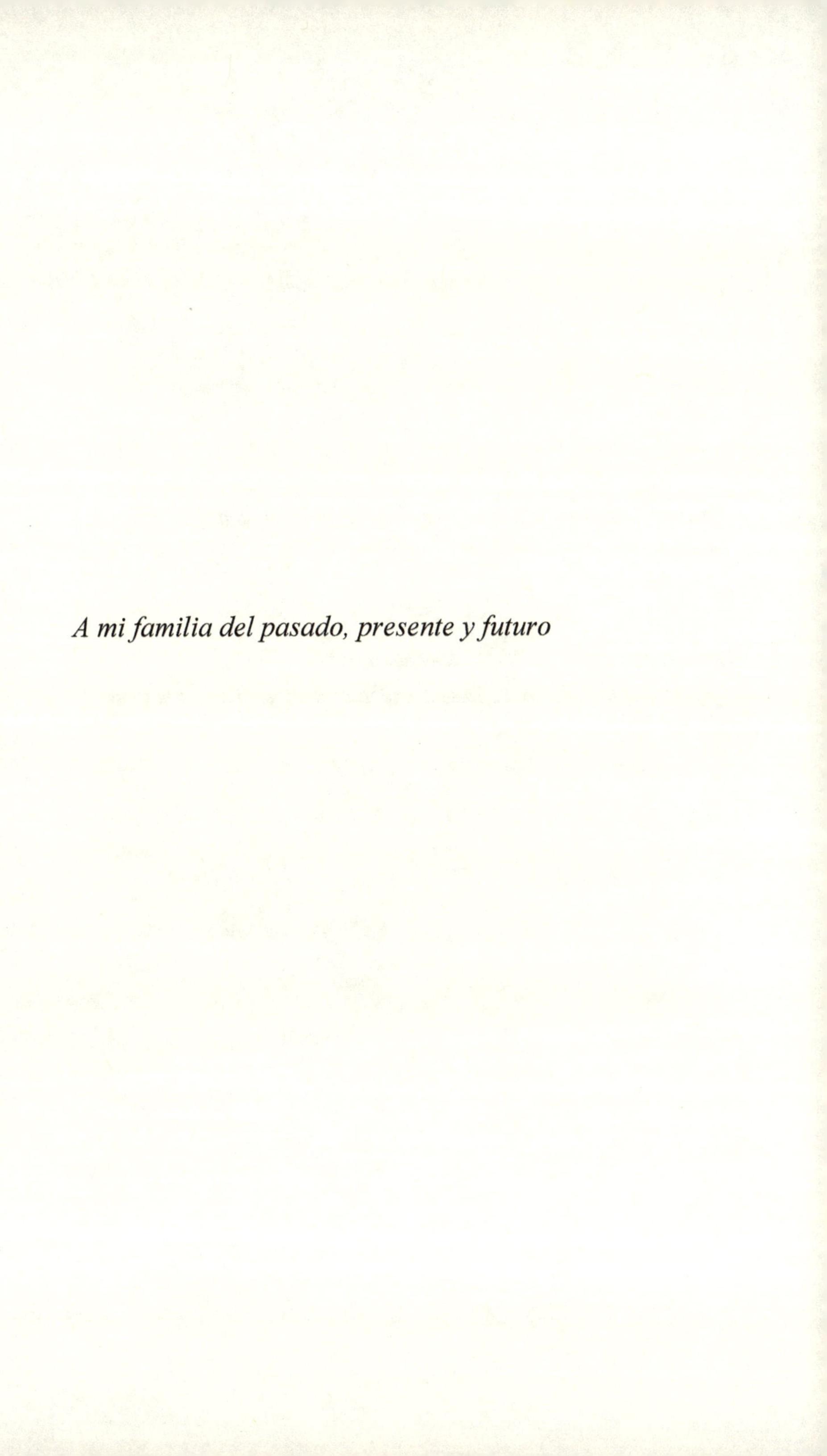

A mi familia del pasado, presente y futuro

"Nuestro universo es una computadora, y nosotros somos los programadores".

~Michael Brooks
Al Filo de lo Incierto: 11 Descubrimientos Sorprendiendo a la Ciencia

La Association House situada adyacente a la avenida North y calle Leavitt está desierta. Sólo está el administrador en algún rincón del edificio. Me encaramo sobre una esquina de la mesa de billar y ojeo una sección del periódico local, Chicago Tribune. La noticia que paralizaba de golpe al mundo: HOY FUE EL ÚLTIMO DÍA DE LA PROLÍFICA Y ADMIRABLE EXISTENCIA DE ROBERTO CLEMENTE. Con el ocaso del héroe de mi patria, se esfumaba para sus admiradores no sólo uno de los artífices de la grandeza del béisbol puertorriqueño, sino también una persona intachable fuera de su ocupación. Más allá de mi tristeza la vida continúa sin poder remediar lo acontecido. Roberto Clemente fue mi héroe desde mi infancia por sus proezas en el campo de juego. A medida que estudio más y más sobre su vida, de cómo sus habilidades atléticas y legado humanitario influyen en mi persona pienso que nuestras necesidades internas y deseos moldean nuestro crecimiento. Los eventos externos son sólo experiencias que influyen en la formación del aprendizaje. Experiencias encerradas en dos poderosas cualidades, no obstante—contradictorias. Comparaciones en la niñez y timidez en la transición de niño a adulto.

En mis años preescolares y primarios, podía percibir conexiones. Recuerdo vívidamente—a la temprana edad de cinco—otra noticia triste para el mundo—la muerte del Presidente Kennedy. Fue como un déjà vu. Mi tía Polita barría el batey de nuestra humilde casita con una escoba rudimentaria, hecha con ramas de sauce.

Las experiencias nos traen esquive de conexiones ilegítimas y a veces instigan la búsqueda del enlace apropiado. Mis pensamientos siempre se nutrieron de comparaciones. Ahora mi cabeza es más tímida y conservativa. Hasta creo en la teoría de que el cerebro no está organizado como la primera computadora denominada ENIAC. El Ejército de Estados Unidos la inventó en el Laboratorio de Investigación Balística como una unidad y no como un juego de módulos independientes.

La vida del Barrio me había casado con lo contradictorio. Cuando comenzó a funcionar, ENIAC necesitaba un equipo de gente pendiente de ella día y noche. Ahora yo sólo puedo celebrar que tengo a nadie o a pocos, por decir, sin censurar o cercenar las comparaciones abiertas a mi mente joven. Necesito invocar estándares implícitos que llenen los requisitos de mi proyecto.

Se hace tarde y me muero por saber quién es mi contacto. Mi cabeza vaga tras las personas que en tan corto tiempo he conocido. Trato de descifrar los posibles temas y cómo voy a redactar lo que se presente. No conozco al administrador, pero siento que ambos tenemos afinidad por la misma música de Latin Soul. En el fondo se escucha la canción titulada: Here Come the Judge, del Rey del Bugalú—Pete Rodríguez.

Justo cuando mi mente vuela a los grandes logros de Momen, como también conocíamos en Puerto Rico a Roberto Clemente, Tabaré Ríos (alias Piraña) entra a la casa de recreo. Me invita a una reunión en el Hotel Víctor. Llega a las siete de la noche de un día frío de enero. Se me pega al oído y me susurra...

—No vamos a robar, te tengo un mejor guiso.

Esta insinuación de Piraña no me toma por sorpresa. Conociendo el realismo que mi maestro le impone a las cosas, pudiese que Piraña sea la persona más indicada para el comienzo de mi trabajo. Pero pienso que el Profesor Avilés no está envuelto en esta parte.

—No me digas que te entregaste. A estas alturas, esa sería tu mejor sopa—hablo haciendo eco al misterioso hobby de Tabaré.

Siento que nuestra asociación no ha sido lo que esperaba. Yo nunca he robado ni un huevo, pero desde que conocí a este enano, su trabajo es el de convertirme en su secuaz de fechorías. Es sólo una cuestión de tiempo para que lo agarren con las manos en la masa. Lo dijo Héctor Lavoe hace unos meses. Todo tiene su final, nada dura para siempre.

—Elmer, no seas zángano, Noé dice que podemos entrar en negocios con los Unknowns—me asegura muy confiado mientras trata de abrir con los dientes un paquete de cigarrillos Winston.

—¿Tú estás en ácido? No seas mamao, los Unknowns están calientes. Este domingo mataron a Evaristo Ortiz aquí cerca en la esquina de Western y Evergreen. Y lo peor, sabes, el chamaquito era inocente. Había arribado de New Jersey hace poco. Sus padres están destrozados. Evaristo tenía sus notas escolares por el cielo y jugaba un baloncesto endiablau. Ese nene no estaba en ninguna ganga, pero ahora los Latin Disciples piensan que uno de ellos era el blanco y quieren ajustes de cuentas. Le volaron la mitad de la cara en el territorio de ellos. Murió por accidente porque los Unknowns querían quemar un Disciple. Qué bochinche loco, no te imaginas con quiénes—con los Latin Kings—le digo resoplando mientras Tabaré saca un cigarrillo del paquete de Winston.

Cuando vivía en la calle Fairfield todo era distinto. A pesar de que estaba situada entre los vecindarios de los Latin Kings y los Disciples y el bajo mundo era rey nunca se me había presentado este tipo de presión. Allí existía un conjunto de reglas y normas aceptadas por los residentes de la comunidad. Por lo menos la cuadra había sido forzada a soportar el tráfico de drogas y los escándalos. Muchos de los vagos y los ocupados que se congregaban en pequeños grupos eran aficionados a la percusión y al soneo. Emulaban los ritmos de los músicos del momento como Ray Barretto, Mongo Santa María, Roberto Roena, Héctor Lavoe, Ismael Rivera y Rubén Blades.

Cuando llegué de la isla sólo contaba con dieciséis años de edad. Fui a vivir con mi padre en la Crystal y California, pero a los dos días le pedí que me dejara ir a la Fairfield con mi tía Alessandra. Allí descubrí un aglomerado multicultural con metas diversas y opuestas y un incesante tráfico de drogas que estaba acabando con el Barrio Latino.

Por un lado, algunos residentes esperaban que la policía hiciera un mejor trabajo. Había un punto de droga justo al frente de mi primera residencia. Por otro, los que tiraban marihuana, cocaína, heroína y otras porquerías como angel dust y mezcalina siempre se las ingeniaban para sobrevivir en su propio medio de satisfacer y sentirse satisfechos. Por ello, las estructuras sociales tenían un punto en común: tener que aguantarse el uno al otro en el mismo laberinto.

La Fairfield, entre la Hirsch y LeMoyne era sólo aproximadamente unos seiscientos metros de larga, pero parecía que llenaba las necesidades vitales de los grupos presentes. El conformismo a veces superaba las diferencias y los disgustos. Los puertorriqueños inmigrantes dominaban la escena, aunque los oriundos de la ciudad eran numerosos. Muchos de estos Chicago-boys se abochornaban del español. En lugar de aprenderlo correctamente como nosotros aprendimos el inglés se conformaban con el spanglish. También habían cubanos y unos cuantos mejicanos ilegales pero la Migra no los molestaba y se les permitía trabajar y criar sus hijos a merced de los patrones del círculo. Patrones como aves de rapiña en acecho por la mínima señal de debilidad. Como en toda cultura latina la calle vibraba con matices de ternura, incertidumbre, esperanza y el toque ocasional de violencia. Fue dentro de este marco donde me di cuenta que poseía un grado de fortaleza interna. Aprendí a manejar la confianza propia. Cosa que muchos allí no habían descubierto.

Ahora me toca esquivar la senda que Tabaré ha tomado, pero para mantenerme firme necesito actuar en su forma; mediocre. No quiero moverme a la derecha ni a la izquierda como un perro tembloroso e indeciso. Debo decidir con lentitud y parecer que puedo cambiar de opinión y actitud con rapidez. Actuar como un fracasado a veces sirve de escaparate hasta la fuga fuera del círculo. Siempre supe que mi afición académica debía ser dentro del periodismo. Para mí éste es mi estilo propio de experimentar algo que voy a disfrutar. Estoy aprendiendo por mí mismo que el futuro no depende de la historia propia o de nadie más. El profundo amor y la añoranza por mi terruño de mi niñez es importante, pero hay un entorno nuevo para manipular con imaginación. Veo el nacimiento de mi éxito con perspectivas amplias. Por eso escogí periodismo.

El reportaje clama por ideas con ayuda de algunos mentores. Pensaba que todos eran gente confiable. Ahora no estoy seguro. Como en los casos de corresponsales incorporados a la guerra, donde no sabes quién es quién. Allí también hay grandes razones para la desconfianza.

—¡Ay, mamá! ¿Qué te estás metiendo por las venas? ¿Acaso son las pastillitas de speed que ahora mueles en cuchara ardiente? —pregunto con un suspiro en el momento que Pirañita torna su ansiosa mirada hacia la oficina del administrador.

—No te preocupes por eso, bródel, ya están trabajando en la paz. Además, estos idiotas siempre dicen que se tienen ganas entre ellos. Esa ha sido su coartada desde que los Disciples se fundaron en los cincuenta. Desde que Míster Kapone se separó de los Latin Kings y se trajo varios renegados para formar los Unknowns. Pero mientras ellos se pelean sus esquinas, los blanquitos y los cocolos se escabullen en el Barrio a dar escopetazos a lo loco—Piraña posee una labia para incitar a lo que le corresponde. Todo mientras sea por su propio bien. No tengo ni un pelo de bobo.

—¡Ah sí mira qué lindo! ¿Y la jara? ¿Dónde ponemos a Zito? Ese italiano loco anda por ahí, con su escuadra del Secret Six. Grábate esto en tu cabecita de pillo. Zito le va a echar manos a los que limpiaron a Evaristo. También le va a esconder la llave a Yeyo y su cartelito de la Fairfield.

—Mira, panita, déjate de tanto tripeo y pon atención. El plan está hecho, nos unimos a ellos, pero con límites puestos en la mesa de soltá. Tranzamos con Yeyo unas cuantas libras de material y otros candies. Le pasamos la mercancía a Jíbaro, y los Unknowns la distribuyen. En eso, ya dominan los alrededores de la Tuley. No te olvides que la nueva escuela va a ser un mercado fresco y grande.

Con esta simpleza, Piraña quiere hacerme creer que es un experto en marketing a través del discurso persuasivo. Estoy algo escéptico. Aún no estoy convencido de aceptar esta cordial invitación.

El territorio de la pandilla está ubicado en un perímetro vulnerable. A pesar de que en su confín interno los Spanish Lords controlan un gran número de cuadras, los Unknowns no tienen problemas con ellos. El perímetro externo es el punto de contacto con dos rivales peligrosos de raza caucásica; Jousters, en la Wabansia y Milwaukee, y Simon City Royals en Wicker Park. Se dice que los peligrosos Gaylords blancos también están en guerra con los Unknowns. Por el sureste de la nueva secundaria, los Vicelords de raza negra han declarado su representación al poder de expansión por el cual la comunidad afro-americana ha venido luchando durante años. Muchos dirigentes de color aseguran que la nueva escuela se llamará Martin Luther King Jr. High School. La revolución geográfica étnica indica que los negros nos empujan hacia el norte y los blancos se quejan que pronto todos ellos vivirán en Wisconsin. Además, la historia de los Unknowns, en las calles Leavitt y Schiller en Chicago es ahora parte de la historia de mi hermano, Noé. Y es la misma historia de violencia que ha caracterizado la segmentación tradicional entre razas por décadas. Espero que esta nueva escuela, no fomente la violencia.

—Pero después de todo, dime cuál fue el bochinche con los Latin Kings, me incumbe saber antes de contestar a tus nuevas locuras—sigo con la entrevista, ante un joven maestro de muchas mañas aprendidas desde su niñez.

Tabaré Ríos era algo sensible y tímido. Su inclinación por las cosas ajenas hizo que no tuviera muchos amigos. Fue precisamente por esta razón que los viejos salseros de la Fairfield le clavaron el apodo de Piraña. Mataba gatos desde que gateaba en pañales. A pesar de ser tímido y reservado tiene más nervios de acero que RoboCop. A los catorce años, se estaba arrastrando dentro de las casas que robaba, casi una a la semana. Vivió con dolor la pérdida de su abuela que lo crio y se vino a vivir con su madre a Chicago. Nunca conoció a su padre, ya que su madre lo tuvo producto de una fugaz relación con un diplomático asiático-estadounidense. Melina Ríos trabajaba como bailarina en un club nocturno de Río Piedras, en la zona metropolitana de Puerto Rico. En abril de 1955, el Gobernador Luis Muñoz Marín dio un discurso en la Universidad de Kansas City. Marín se quejaba de algunas cosas en el acuerdo que le dio estatus de Estado Libre Asociado a Puerto Rico. A raíz de este discurso, Washington envió el padre de Tabaré a negociar algunos cambios en el acuerdo. El hombre se hospedó en el Hotel San Juan y contrató los servicios privados de Melina como bailarina. Luego de un mes Melina supo que estaba encinta. El hombre, mientras fumaba un pedazo de cigarro le dijo que trabajaba en una posición muy sensitiva en el aparato de seguridad nacional. Por eso tenía que desaparecer de su vida.

—¿Pues te acuerdas de China, la jefa de las Latin Queens? La maestra y señora de las nenas de Humboldt Park está tirando tanta mercancía, diremos estofa (heroína) que hasta los tecatos de la Fairfield se le mudaron a Yeyo para la calle Spaulding— continúa Tabaré en su relato.

—Y entonces cómo entran los Disciples y los Unknowns en esa melcocha? —pregunto tratando de quedarme en el tema.

—Yo por accidente escuché que Joe Trapo estaba jugando billar en Freddie's Pool House en la Rockwell y North cuando mataron a Evaristo. Durante el tiroteo en la Western Joe tuvo una reunión con unos miembros del clan viejo de los Latin Kings. Se cree que ahí estaban unos camarones infiltrados de Zito—Tabaré habla frotándose el sudor de la frente con un dedo.

—Como tú sabes, Joe Trapo estuvo con los Latin Kings antes de ir a Vietnam. Cuando regresó los médicos lo diagnosticaron con desorden postraumático a causa de las mojonadas de los políticos de Washington con los chinitos de por allá. A pesar de que ya no está activo con los Latin Kings lo utilizan en otro rol—Piraña continúa mientras sonríe.

—Por su experiencia en junglas ajenas, ahora es número uno en inteligencia. Es un sapo. Un sapo que se lleva bien con todo el mundo y dicen que hasta con la jara.

—¡Ma rayo palta Tabaré! ¡Me le estás dando vueltas a esta malanga! — Ahora yo subo la voz.

—Sapo o no, me importa un bledo saber cuántas moscas se come Joe Trapo. ¿Y China? ¿Qué pito toca ella en esto? —le pregunto en voz baja haciendo un esfuerzo para no alterarme más.

—Pues mira rookie. La escopeta con la que mataron al jovencito estaba a nombre de Joe. Dos semanas antes Jíbaro y Tomcat cambiaron con Joe unos cuantos gramos de perico (cocaína) por la escopeta. Joe no quería salir de ella, pero su psiquiatra lo tenía amenazado con enviar un reporte negativo a la Administración de Veteranos. Joe no podía portar armas de ningún calibre por su condición mental. No quería perder su pensión por loco. Primero fue donde Yeyo para ver cómo le podía sacar provecho a tan fina pieza de muerte por un poco de perico, o qué diablos, quizás manteca (heroína). Yeyo el hippie de Manatí, le comentó que su conexión de pasto estaba intacta pero la de polvo ahora pertenece a China y a los Latin Kings de Beach y Spaulding.

Parece que Tabaré sí conoce el bochinche y está al tanto de las transacciones de tan grandes luminarias del Barrio.

—Bueno ahora estoy siguiendo la jugada, pero no me digas que Noé es el gatillero—le proyecto que me interesa saber el resto.

—Qué va. Tomcat y Jíbaro compraron el arma para la pandilla. Querían cobrar un asunto con los Simon City Royals, y lo iban a ejecutar en Wicker Park, donde los Royals unos meses atrás banguearon a los Unknowns y murió la novia de uno de los cabecillas. Guardaron el arma en su guarida en Leavitt y Schiller, pero desapareció misteriosamente antes de que Joe Trapo eliminara su nombre de la licencia.

—¿Pero cómo fue eso mano? —pregunto desesperado por escuchar la transición, hace rato pensando en plasmar en la edición próxima de Field Inquiry.

—Rumores dicen que Alipio Arroyo el viejo de Tomcat sirvió en Vietnam con Joe Trapo. Son grandes amigos y compañeros de dominó en el Capicú de Miño. Al descubrir y reconocer la escopeta como la de Joe Trapo, Alipio se la devolvió a escondidas de los Unknowns. Si la ganga se enteraba de seguro Tomcat recibiría una violación. Tú sabes, lo pondrían contra la pared y tres tipos le pegarían de pies a cabeza entre treinta segundos y tres minutos. Esa es la regla en los Unknowns por portarse mal. La heredaron de los Latin Kings.

—¿Y qué más pasó?

—Alipio le aconsejó a Joe que la vendiera en otro lado. Loco, pero no chiflado el veterano fue a visitar a su vieja amiga China.

Tabaré habla tan bajo que se puede escuchar el tráfico de los automóviles transitando por la avenida North.

—¿Así que uno de los Latin Kings quería matar a alguien en los Disciples? —pregunto, aunque estoy seguro que así tuvo que ser.

—Pero eso no es todo. Como informante al Secret Six Joe Trapo es un traidor a la causa de los Kings. Ya tiene a China a un paso de la penitenciaría en Jouliet. Es por eso que debemos actuar ahora con los Unknowns.

Tabaré piensa que aún hay cabida para ejecutar la propuesta. Sigue fumando y mirando hacia la puerta del frente. Se ha encargado de descubrir lo imperceptible en cada ángulo del nuevo negocio que propone. Su deseo es bautizar otra forma de explotar las oportunidades de la ciudad. Tabaré no parece del tipo que en realidad es. Sólo que aprendió la supervivencia a su modo. Nunca supo quién fue su padre y probablemente su madre no le contó la verdad. Yo siento que la membresía en una pandilla es un territorio prácticamente inexplorado. Dudo que estos escenarios y partiditas de la Ciudad de los Vientos sean seguros. Sólo los privilegiados con razonamiento evaluativo sobreviven en este entorno. Mientras pienso en lo difícil que ha sido para Tabaré integrarse a la parte moral de esta sociedad, saco mi libreta del bolsillo trasero. Comienzo a leer en silencio unas cuantas líneas que escribí hace unos días:

La ganga apoda a mi hermano como Jíbaro. No sé si es que piensan que Noé define la identidad puertorriqueña por ser un inmigrante reciente. Apuesto a que lo ven como el pionero Boricua; otra herramienta a manos de la pandilla para llevar a cabo sus propósitos funestos. En Estados Unidos, jíbaro significa un residente proveniente de áreas montañosas, quien nunca ha conocido la ciudad. Ignora la sociedad moderna y usualmente mantiene un punto de vista agresivo y conservativo. Quizás los Unknowns quisieron aplicar una connotación negativa al término de jíbaro por acá, un jíbaro es un ignorante, un estúpido o más impresionante, alguien con poca educación. Noé era un joven común y corriente, hasta que conoció a Hands (Manos). A través de él, Míster Kapone y Tomcat lo doblegaron con asignaciones de armas y drogas, en tal forma que no pudo salir de la pandilla. El tal Hands recibió su nombre de pandillero cuando los Gaylords le volaron varios dedos. Cuando saluda parece que está dando una seña típica del bajo mundo urbano. Así como Hands, Noé ha aprendido lo brutal de la violencia entre pandillas en un corto tiempo. Para los Unknowns, mi hermano es el latino dominante que tiene que ser para poder sobrevivir en el despiadado Spanish Harlem. El Barrio cubre el territorio desde la autopista Lake Shore Drive a la avenida Pulaski, de este a oeste. Va desde la avenida Armitage hasta la Augusta, de norte a sur. De ahí para afuera, otras pandillas rivales de blancos y afroamericanos, controlan sus propios territorios.

—¿Vas a ir? ¿Y qué es eso que lees? —pregunta Tabaré mientras se acerca a ver.

—No me he decidido, son notas de mi diario. Para un proyecto escolar en Periodismo.

Me pongo mi chaqueta y me voy hacia la puerta. Piraña me sigue y me pone su mano sobre el hombro como si quisiera detenerme.

—¿Quieres acompañarme en un six-pack? —pregunta con tono acongojado y abatido por tanta fumada.

—No, gracias—le digo.

Hay silencio y nuestras miradas chocan.

—Quizás es mi turno de verificar con tío Edgar sobre unas cosas. Ya iba caminando rumbo a mi casa en la calle Bell.

La mirada malhumorada de Tabaré Ríos correspondía a la de alguien fregado por su propia inutilidad. Su propuesta sorpresiva me indica que esta sesión clama por un borrador. Antes de irme a la cama debo maniobrar unas cuantas ideas sobre unos garabatos que pueden ser útiles mañana.

dgar Avilés es mi profesor en Tuley High School. Ahora también es parte de mi familia. Está comprometido con mi tía Alessandra pero la cocinera tomó el domingo libre. Hoy me invita al restaurante Cocina Olímpica de Sergio Oliva en la avenida Division. Sergio no es sólo un fisiculturista de renombre sino también un aferrado fanático de Adalberto Santiago. Siempre que vengo puedo disfrutar melodías populares como: Mírame de Frente, Sola te Dejaré, Vive y Vacila, Oye la Noticia, Quítate la Máscara y Arrepiéntete.

En esta ocasión como de costumbre, Edgar me habla de cómo su diario de bolsillo lo ayuda en su trabajo comunitario. Es un reputado historiador en muchas áreas y lo usa en su salón de clases.

—Elmer hasta que no entiendas las voces no podrás ligar el conflicto con la idea de la solución. Si te hace sentir mejor piensa en el rico legado que Roberto Clemente nos ha dejado.

—¿Cuáles voces? ¿Las que atormentan mis noches desde que cometí el error de tomar periodismo? —Le pregunto, a pesar de que está consciente que andamos en buen comienzo.

—Ningún error...deja que las voces te digan lo que quieran. Creo que vas a ver cómo te iluminan tu ventana de geografía, tiempo y espacio.

—Qué bonito, eh. Qué bonito. Los personajes me tiran por la ventana mientras sueño que Gloria Mónica Bazán se aparece en mi salón de Geografía. Me dice que no puede esperar más y nos vamos al Lake Shore Drive a tomar sol todo el verano—le comento en forma jocosa y burlesca.

—Pues mira Galileo. En veintiún días si tus voces han formado una escena favorable ese sueño se puede hacer realidad. ¿Y quién quita? Gloria Mónica Bazán puede ser parte del premio en tu primer viaje a la Zona del Canal si ganas el concurso.

—Qué detalle, tío. Es muy simpático que consideres mis prioridades.

—Ya veo que te interesa ir a Panamá. Cuando conozcas el papel que juega la energía en tu mensaje te vas a dar cuenta que este proyecto no va a producir ningún acto de magia. Vas a descubrir las verdades de nuestra herencia y verás que la gente no triunfa de la nada.

En realidad, el pensar sobre el legado de Roberto Clemente me hacía sentir mejor. Roberto fue exitoso porque se esmeró por crecer y ser su propia persona con miras optimistas. A pesar de sus continuas experiencias negativas cuando arribó al béisbol organizado no triunfó de la nada. Pienso que Roberto fue absolutamente creativo en su propia manera en el campo de juego y en sus obras humanitarias. Al estudiar más a fondo sus fortalezas e interés por los problemas sociales veo su aberración por la afección a otros. Tenía un sólido control de cualquier entorno físico y de su persona. Su cátedra se distinguía por recomendar a sus jóvenes pupilos a que trataran de descubrir qué es en realidad lo que les gusta y aspirar a ser lo mejor dentro de sus habilidades. En 1966, a mis once años, Roberto Clemente y Manny Sanguillén vinieron a mi pueblo de Arecibo. Impartieron una clínica de béisbol inolvidable. En sus enseñanzas, Roberto demostraba cómo hacer la tarea y luego explicaba paso por paso el desarrollo de la acción. En la clínica habló de la importancia de ejecutar estos pasos con la precisión de juego que lo hizo famoso. Como parte de su didáctica hablaba de la importancia de desarrollar el máximo de las habilidades atléticas. Proyectaba una imagen positiva al hablar de la tolerancia hacia distintos puntos de vista. Este método preparaba a la gente joven para encarar la esencia de experiencias variadas. A mí me ayudó a ser fanático de querer explotar todas las buenas oportunidades a la mano.

En esa época, no era difícil llegar a la solución interpretando conexiones. Era cuestión de mantenerse con cara al conflicto y al punto de vista de los modelos sociales. Nunca descarté que los pensamientos e instintos internos junto a los eventos externos del héroe de mi gente y el mundo fueran una fuente de su propio crecimiento y aprendizaje. Su recuerdo carga la estampa de grandes momentos en el álbum de las épocas. Roberto Clemente fue una figura digna de emular, quien pudo trascender los límites de lo sobrenatural, física e internamente. No sólo su habilidad atlética le permitió este honor, sino aquellas cualidades que caracterizaron su deseo humano de realización total frente a la adversidad. Momen fue epítome del proceso de desarrollo personal a largo plazo; un humanista en control absoluto de su entorno y propósito en la vida.

Ahora comenzaba a valorar cada detalle, cada cosa de lo que pasaba en la gran urbe de los vientos. Pero me temía que esto no terminaba aquí. La elegancia del entorno y la ventana de la geografía estaban más allá. El tiempo era más lento que los pocos días sin el cálido sol sobre el premio. Y más veloz que los coches que incesantemente transitaban las avenidas. El espacio era tan poderoso como el amor que comienza en la casa. La verdad de mi propia herencia me sugería escoger las rocas más secas para saltar sobre el cauce de la corriente vertiginosa, en esta cultura que iba a mil. Supe de mi iniciación en Voces Barreto al momento que Edgar comienza a narrar la vida de su padre.

Manrique Avilés le había inculcado la escritura desde la niñez. A pesar de que Edgar tenía una memoria increíblemente fotográfica y duradera, Manrique siempre dijo que escribir era una formalidad necesaria. Aun para los que pensaban que el futuro no requeriría papel, saber escribir era una fuerza necesaria. Como prueba de sus experiencias, Edgar saca unas viejas notas escritas a mano. Mientras los miembros de la famosa Sociedad conversan, leo el diario, e imagino a Edgar, no como mi maestro, sino como alguien que aprendió las herramientas de comunicación desde muy joven.

Edgar Avilés sólo contaba con tres añitos cuando sus padres lo llevaron a desayunar al Balboa Club House en la Zona del Canal. Se acuerda del omelet al estilo militar con salchichas, french fries con bastante ketchup y la sabrosura de los raspaos con malteada. Edgar recordaba con claridad sus experiencias más allá de lo que los niños deben recordar. Estaba sentado sobre la falda de su madre y su curiosidad lo llevaba a examinar un ejemplar del Canal Record. Era un periódico publicado semanalmente en el corregimiento de Ancón bajo la autoridad de la Comisión del Canal de Panamá. Esta era la organización establecida por Estados Unidos para manejar sus asuntos en el Istmo. Allí había una foto en blanco y negro de Manrique recibiendo la Medalla Roosevelt al frente de una formación militar.

Edgar anota que dos años antes, en 1947, su padre Manrique Avilés, había arribado solo a la Zona del Canal asignado como evaluador de equipos nuevos para una organización militar conocida por Tropic Product Design. La unidad estaba situada en Red Tank, adyacente al pueblito de Pedro Miguel en las riberas del Canal de Panamá. Manrique tenía veintidós años de edad, pero ya era considerado una eminencia dentro de un pequeño grupo de nerds que trataban de mejorar el arsenal bélico del Departamento de Guerra estadounidense. Por segunda vez en su vida Manrique tenía la oportunidad de saciar su apetito por el riesgo y la aventura en un entorno tan tropical como en su pueblo natal de Utuado, situado en la Cordillera Central de Puerto Rico.

Al llegar al Istmo quedó un poco sorprendido al ver que Panamá era un lugar con un clima más húmedo y caliente que otros lugares que había conocido. Durante la temporada lluviosa en la jungla donde trabajaba el cielo tomaba un color blancuzco por la neblina. En las tardes llovía casi todos los días. Luego, el cálido sol salía y todo se evaporaba antes del atardecer. Como era de esperar Manrique también tuvo que ajustarse a las altas temperaturas durante la temporada seca. Odiaba la humedad de la estación lluviosa.

Este diario hablaba de disciplina, inteligencia y serenidad. Contenía algo que preferiblemente, debería permanecer en la cajita de seguridad de los secretos familiares. Con el hecho de que Edgar se ha desviado del camino de la privacidad familiar me temo que mi iniciación es una cosa seria con tentáculos globales.

—Sigue leyendo—me dice Edgar, sonriente.

—¡Muy interesante! En este hueso hay donde roer, pero siento que esconde algo más— le digo con un abrir de ojos.

Hace un gesto con las manos como si quisiera que me adentre en la asignatura, mientras me echa otra sonrisa de oreja a oreja y pide otra Old Milwaukee. Miro alrededor y veo que muchos miembros de las Voces Barreto también son peloteros en la Liga Superior de Béisbol de Humboldt Park. Reunidos aquí están Félix Quiñones y Edwin Maldonado, del equipo Borínquen, Ramón "Mongo" Santiago, Héctor Villafañe, Benín Torres y El Olímpico, Ignacio "Nacho" Reynosa, todos de la poderosa escuadra de Humacao. Presente se han hecho Henry "Magila" Prieto y Frankie "Fox" Sanabria, de los Apolos, el equipo con experiencia de finca. Este grupo élite es una viva descriptiva del atleta de la época y ahora ellos demuestran que les interesan otros detalles del Barrio. Sin estos héroes locales, el fanático que asiste al

Humboldt Park los fines de semana no se puede sentir colosal; exaltándose, sufriendo y creciendo histeria en cada juego, del cabo a rabo. No maldicen y si los empujan mucho, pelean cuando pierden. Cuando ganan, sin embargo, como de costumbre son los seres más felices de la tierra. Su alegría dura la semana entera hasta el próximo sábado cuando vuelven a ver acción estos potros de fina casta.

Sigo pensando que Edgar no me ha traído a La Cocina Olímpica sólo para un buen arroz moro y unos chicharrones de puerco recién sacados de la manteca. Tengo la impresión de que esta tarde no se trata de un cuento de frijoles dormidos ni de aprender la historia de las frituras de malanga. Mientras todos los clientes del restaurante siguen conversando y tomando cervezas, yo me concentro en los buñuelos de yuca en almíbar con anís. Sigo leyendo e interpretando el diario como si estuviera rodando en el Túnel del Tiempo; la serie de televisión creada por Irwin Allen en 1966.

No pasó mucho tiempo para que Manrique Avilés se instalara en el primer piso de un apartamento en Diablo, no muy lejos del Cementerio de Corozal. En 1948, Emma Avilés, madre de Edgar había arribado a la Zona del Canal por barco desde Hawaii. Consiguió un empleo en el laboratorio médico del Hospital de Ancón. Fue allí donde Emma recibió una llamada telefónica para que la familia se reuniera en Balboa Club House.

—Voy a llamar a Alejandría temprano en la mañana. No voy a regresar al laboratorio. Ya tuve lo suficiente con ese maldito empleo de saco blanco—dice Manrique, altamente enojado.

Emma frunció el ceño tratando de evitar pensar que su esposo había sido asignado a otro laboratorio de chimpancés. Emma conoció a Manrique en Brooks Field, el centro de investigaciones de medicina del Departamento de Guerra; una vieja instalación militar en San Antonio, Texas. El laboratorio había desarrollado muchos equipos de aviación a través de una gama de experimentos con animales. Manrique se había graduado con honores del Colegio de Ingenieros en Mayagüez. La comandancia de Brooks Field envió a Cristina Virgil a reclutar estudiantes puertorriqueños al colegio de ingenieros. Cristina era una dominicana de La Romana, casada con un puertorriqueño oriundo de Villa Blanca, en Caguas. Tenía mucha experiencia en reclutamiento de ingenieros. Al recibir la asignación que la llevaba a Puerto Rico no estuvo conforme. Por su conocimiento extenso en recursos humanos sabía que los latinos frecuentemente eran utilizados para experimentos de investigación y otras tareas que los blancos esquivaban. Cristina fue amplia y clara con Manrique. En aquel entonces, muchos jóvenes boricuas con educación universitaria eran miembros del Regimiento Sesenta y Cinco de Infantería. Su unidad iba a ser asignada al cuartel de guerra del General Eisenhower; un grupo de 850 oficiales y hombres que trataban de contener el ejército Nazi, primero en África y luego en Francia. Estando Manrique en Fort Buchanan tarareando las notas de la canción Despedida, de Daniel Santos y escrita por Pedro Flores, Cristina lo abordó con la propuesta. Manrique aceptó el reto, pero quedó muy desilusionado en Brooks Field. Su nuevo trabajo constituía en dispararle cuarenta tiros de rayos calientes a un chimpancé en cada ojo. Era para el diseño de espejuelos que los futuros pilotos usarían durante sus vuelos en la segunda generación de aviones de caza estadounidense. Estos pájaros con armamentos sofisticados sólo existían en las mentes de algunos científicos. Por alguna razón, los lentes eran una prioridad como parte de la Operación Cirujano. Una iniciativa de los ingleses después que terminó la Segunda Guerra Mundial. El plan era explotar los avances nazis en los campos de la aeronáutica y negar los mismos avances a la Unión Soviética. La investigación de espejuelos era el ala contribuidora de los Estados Unidos a la Operación Cirujano.

La necesidad de crear tecnología relacionada era una realidad inevitable. Después de ofrecer al chimpancé la oportunidad de servir a su patria, a Manrique no le quedaba otra opción que condecorar al simio enviándolo al eterno descanso. Primero, le extraía la sangre y todos los órganos, luego enviaba a otras secciones para otros experimentos. Más tarde supo que eran parte de otra iniciativa inglesa para el estudio de la droga LSD en el metabolismo humano. Ya algunas fundaciones privadas estaban recibiendo ayuda federal para desarrollar pruebas de rastreo del LSD en humanos.

Una noche Emma descubrió un reporte para el gobierno que Manrique había mantenido alejado de todos, quizás por bochorno propio. En dos años había trabajado con más de cuarenta simios en el programa de espejuelos. Cuando Emma confrontó a Manrique para reclamarle por qué se mantuvo en esa labor descubrió que Manrique idolatraba la ética de trabajo. Valoraba su labor diaria fuera la que fuera sin que los sentimientos personales lo desviaran de la vocación que había escogido.

—No hay marcha atrás, ahora es una cuestión entre Dios y yo y nadie más es responsable—le dijo Manrique con un ronquido sombrío.

Esa noche Manrique partió de su residencia en Gamboa para atender un asunto del gobierno con clasificación secreta. Puesto que Emma no podía saber sobre el contenido de dicho asunto sólo sirvió para encerrarla en la más profunda preocupación.

Como si pudiera predecir la premonición de Emma, Manrique cruzó el Puente de las Américas en necesidad desesperada de hablar con un hombre de apellido Beling. Según Emma, Alexander Beling era sólo un inversionista interesado en vender un equipo bélico al Departamento de Guerra. La camioneta Ford se movía a tan alta velocidad que el centinela en la garita de la Base Naval Rodman tuvo que llamar a su cuartel general por radio. Pero la policía militar estaba ocupada dentro de su perímetro y no había ni rastro de la Policía de la Zona.

Manrique irrumpió en el Zaguán de Gailliard, adyacente al club de golf en Cocolí. Se dirigió recto a la barra, ordenó una cerveza Atlas y preguntó por Alexander.

Alexander Beling había desaparecido. Manrique no pudo irse a su casa y no era su deseo, pues su conciencia estaba retorcida. El músico tocando la tercera guitarra con los Pacific Strings había cesado sus sonidos eléctricos. Cerveza tras cerveza la noche se tornó hacia lo fuerte. Tras un rápido trago de Fundador, el músico toma su saxofón; el instrumento favorito de Manrique. Y el momento preciso para un brindis cargó la reflexión hasta el cansancio del conflicto interno. Esa noche Manrique no pudo alejarse del área de Cocolí. Al cerrar el Zaguán de Gailliard se quedó a disfrutar la cálida brisa que se intercalaba con destellos de veleros atravesando el último juego de esclusas. En la profundidad de lo polvoriento y en la magia de la escarlata metálica se entrelazaba una oportunidad de reflexionar sobre el choque de trabajo con la ética. No había prisa ni bestias con colmillos ni corazones abiertos. Las leyendas en botas se habían tomado un descanso. Pero seguro que al alba volverían a estremecer el rocío mañanero con sus acostumbradas cadencias militares.

*   *   *

En aquel entonces, Balboa Club House era un lugar con mucha algarabía y tradición. Estaba situado al cruzar de la calle del Comisariato del Rol de Plata y el Correo de Balboa. Sus estructuras arquitectónicas como todas en la Zona del Canal estaban bien preservadas y eran atendidas continuamente. La Comisión del Canal de Panamá, entidad que gobernaba la Zona del Canal y el Ferrocarril se enorgullecía de utilizar sus tierras y propiedades prestadas en la mejor sintonía con las políticas del Departamento de Guerra.

Edgar no pudo evitar escuchar los detalles de los planes de la familia y lo mucho que habían disfrutado de esta estadía en la Zona del Canal. A medida que los años de su infancia llegaban a su fin, anhelaba que su padre algún día pudiera batir el retroceso de trasladarse a la isla de San José. A su corta edad su pequeño cerebro registraba una trova de pistas importantes sobre la situación. Con su mente brillante podía deducir que la Zona del Canal no sólo se trataba de una gran obra de ingeniería para carreras de cayucos. Su lugar en el tiempo no era para el Turkey Bowl; el juego de football americano anual entre el Ejército y la Marina en el estadio de Balboa.

Los pediatras y sicólogos en el Hospital Ancón se referían al nivel intelectual del niño como los busca-talentos de Grandes Ligas analizan el encuentro del próximo Rod Carew: Con una actitud para batear donde no hay nadie y siete coronas para probarlo. A la edad de cuatro Edgar recordaba frases de conversaciones comunes que había escuchado cuando tenía dos. Con ninguna carencia en su nivel de inteligencia ahora cuestionaba algunas tareas del trabajo de su padre. Aprendió desde temprano que es mejor dejar unas cuantas líneas en el cuaderno mental para luego poder hacer algunas asociaciones de conciencia. El protocolo sagrado al momento de revisar la diferencia entre deber y ética.

¡Eso es! Edgar se había acordado de toda la conversación durante el desayuno. Ahora la familia tenía que partir, a la vez que se aferraba al dedo meñique de papi. La familia esperaba en el estacionamiento de la iglesia en la bajada desde Quarry Heights. Más arriba estaba el edificio que el ingeniero de origen alemán, George Washington Goethals diseñó para administrar la Zona del Canal.

Durante el mes de junio, las mañanas se revestían de lluvias livianas, pero al parecer los días de sol brillante habían reaparecido. Hoy era uno de esos días. Allí Mateo Blair un niño con once años de edad estrujaba sus diez centavos de vigor sobre el escarlata de la camioneta Ford del 1940 mientras murmuraba unas frases incoherentes. El lustrado tenía que quedar tan perfecto como espejo y a Edgar no le importaba que el limpia-carros tuviera una conversación de una vía. Hasta ahora Edgar había practicado cómo ser buen escucha. Se esforzaba por ofrecer gran simpatía a la labor del jovencito poniendo mucha atención al mínimo detalle en la obra de la cera. Era maravilloso precisar cómo la magia del escarlata se revitalizaba.

—Papi... ¿Trabajarás con Tropic Product Design en la Isla San José? —Pregunta Edgar.

—No hijo, TPD sólo opera en Red Tank y en Albrook Field—contesta Manrique con ternura, mientras mira a Emma entre ojos.

—No entiendo, papi...

—¿Qué es lo que no entiendes?

—Eres el mejor evaluador de equipos nuevos. ¿Por qué no te dejan hacer el mismo trabajo aquí?

Mateo, el limpia-carros interrumpió el murmullo con su interior para tambalear sus finos oídos detrás de la conversación. Era el ciclo vicioso de los norteamericanos a quienes les lustró automóviles por más de siete años, desde los cuatro. Vienen y se van. Clavando la vista en el espejo del metal como si fuera Tiger Woods cinchándose en un tiro a veinte yardas del hoyo deseaba ver a su padre. Pensaba que el alma de tan bella máquina originaria de Detroit pudiese traer un cierre de esperanza envuelto en la caricia de la lanilla.

Mateo tampoco era bobo. Así, igual que el mismo sargento Avilés; su padre, Robinson Blair vino por poco tiempo a trabajar como asesor en asuntos de seguridad del Canal. Conoció a Rita Ferias, su madre, en el NCO Club de Fort Clayton. Poco después del nacimiento de Mateo tuvieron problemas matrimoniales y Robinson partió en un viaje sin regreso. Fue que su modo americano no pudo con el trajín de la mujer que era Rita. Una broza, fanática empedernida de las noches de cabaret en la Zona. Para Robinson no era fácil jugar el rol de padre y madre mientras desempeñaba sus funciones como asesor de seguridad. Su separación con Rita había sido una tórrida cadena de eventos que casi lo llevó al suicidio, y el entorno no ayudaba en lo mínimo.

Las rompeduras de matrimonios eran comunes en la Zona del Canal. A los oficiales denominados JAG se les había delegado que ayudaran a ambos; militares y civiles. Preparaban y ensayaban casos de separaciones legales al mismo ritmo que los mangos se desprenden de los árboles en el mes de agosto. Las esposas veían a las denominadas brozas como una competencia inimaginable. La vida no era fácil. Así como Rita un gran número de muchachas bonitas latinas frecuentaban los clubes nocturnos. En los fines de semanas los buses se vaciaban al frente de las garitas de seguridad y en la mayoría de las bases militares las damas eran bienvenidas. Entraban como Juanita por su casa sin escolta. Fort Clayton tenía su famoso NCO Club. Ahí se escuchaba y se bailaba buen mambo y cha-cha-chá en el sótano; jazz y oldies en el primer piso; y música country en el segundo piso. En Albrook Field se daba lugar una cálida multitud los fines de semana en su Club de Oficiales. En la Base Naval de Farfán sucedía lo mismo. Un enjambre de mujeres rascando los treinta, cuarenta y cincuenta se sentaba de arriba abajo en los banquillos de clubes. Damas con sus cabellos teñidos de rubio, en mini faldas, con labios pintados en colores profundos y brillantes rumiaban los pasillos. Tenían gran esperanza en su farsa de capturar a un hombre joven y guapo entre la disponibilidad del racimo. Algunas de estas mujeres se hacían las serias y dificultosas para levantar a su extranjero. Jóvenes tenientes, sargentos, los recién llegados y gerentes federales de medio y alto nivel ojeaban la mercancía. Algunos clavaban sus miradas continuamente, pero la mayoría explotaba la oportunidad de conocer el amor a corto y mediano plazo sin un ton ni son. En verdad, las mujeres que buscaban su boleto hacia el sueño americano conocían este territorio como la propia palma de sus manos. Tomaban, hablaban y coqueteaban haciéndose las importantes sentadas en la misma silla noche tras noche, semana tras semana hasta que la carnada se tornaba apetecedora. La mayoría de estas damas poseía el don de reconocer quién estaba casado, quién era nuevo en el área y quién podía ofrecer estabilidad económica. En más de una ocasión la contraportada de la Zona del Canal resultó ser el preciado boleto a la tierra de la libertad.

Mateo esperaba que su padre hubiese compartido más tiempo con él y su madre. Siempre se preguntaba si a su padre le gustaba el béisbol o si hablaba buen español. Tenía curiosidad por saber si corría maratones. O si por alguna casualidad era otro espía que se daba su vuelta por aquí, para cumplir su misión de que otro poder foráneo no se apoderara del canal. El limpia-carros había congelado su ventana de tiempo arropándola entre sus murmullos. El dolor del adormecimiento en sus manitas era el silencio de su destino. Sólo conocía el trabajo para ayudar a su madre en la supervivencia diaria. Ahora era importante frotar la pintura en moción de retroceso mientras permanecía en modo perceptivo. El truco de las mil palabras internas diarias había sido brillo para mil carros en su vida.

El pequeño Edgar había modificado su línea de cuestionamientos, preparando el campo para lo que era su mejor herramienta: el incesante apretar de botones, en las cándidas y sinceras explicaciones de su padre. Sus notas mentales e inocentes estaban por sacarle el jugo de las entrañas al guerrero que sostenía su pequeña y tierna manita.

¡Lo supo todo este tiempo! Su padre era conocido como el que preside el espíritu de la toma de decisiones de cómo utilizar el clima y territorio, para la tecnología que defendería dicho territorio. La frágil, pero ágil mente de Edgar, le daba a entender por qué su padre había ganado la Medalla Roosevelt.

—Hijo, mi trabajo en Tropic Product Design va a requerir más esfuerzo. Tu madre y yo hemos decidido que tú y ella se regresarán a Pearl Harbor y se llevarán a Escarlata. Allí les espera una casa segura y les prometo que acá, desarrollaré los métodos para ser parte de cualquier victoria en el futuro. Luego, ustedes volverán a la Zona—dijo Manrique, mientras lanzaba al aire lo que parecía una moneda grande, como las de paga al Rol de Oro.

—Desde luego, papi—Edgar parecía no estar interesado, mientras sus ojos color esmeralda seguían la trayectoria del premio dorado.

En menos de dos segundos, el niño-genio visualizaba el significado de la alegría y recompensa por un trabajo bien hecho.

El limpia-carros frunció el ceño después de una perfecta captura. Echó una mirada confusa, pero movió la cabeza en aprobación y se sonrió.

—Gracias, sargento Avilés.

Antes de que Manrique pudiese contestar el muchacho se disparó corriendo hacia el diamante del complejo de béisbol de Balboa. Antes de cruzar la vía del tren se detuvo, miró atrás y gritó...

—Edgar, en Pearl Harbor diles que el espejo en Escarlata sólo funciona con el giro del solsticio zoneíta. En cualquiera otra forma la pintura se destiñe.

—Si Mateo, lo recordaré—al contestar, el pequeño Edgar había saboreado su primer experimento de consultar a través de la innovación de la experiencia.

Y el limpia-carros iba como bala sobre las viejas vías del ferrocarril. Iba en una carrera hacia el puesto de frituras, cerca del diamante de béisbol. Allí, la poderosa escuadra de Chesterfield calentaba para un juego contra el equipo de Diablo.

* * *

En eso, Edgar me interrumpe y dice—Elmer, ya terminamos.
Fox nos va a ayudar doblar tu lomo imaginativo. Vamos a la
Fairfield; a jugar un partido de billar en el Capicú de Miño. Pri-
mero, tienes otra reunión en el Hotel Víctor.

Dos

En la calle Fairfield, fue donde mi padre, sin querer o quién sabe, produjo en mí, el primer suspiro de lo que significa doblar el lomo imaginativo. Desde el año de 1956, su voz y las cuerdas de su cuatro inspiraban a otros inmigrantes boricuas quienes, después de laborar en las fábricas, se reunían en las esquinas a trovar música jíbara. Su canción favorita era La Media Vuelta y siempre imaginé que debió ser por algo muy especial, relativo a su separación con mi madre. Pero el amor a su cuatro se inmiscuía en su otra pasión—el bienestar de sus hijos. Dos años antes, mi padre había pasado la navidad en Puerto Rico. Procuraba ir durante las pascuas para tocar en las trullas y parrandas, como se acostumbraba en aquellos tiempos. Hasta tuvo un romance pasajero con una chica que cantaba en su grupo. Creía en hacer las cosas prescritas. Para él era más importante reunir a la familia en la Ciudad de los Vientos. Después del Día de Reyes, estaba sentado con Noé en el comedor del apartamento en la Crystal y California. Papi miraba a Noé, un tanto preocupado ya que no se había portado bien con abuelita en la isla. En la isla dejó de estudiar en el noveno grado y se dedicó a pescar en el río con figa y careta. Le gustaba cazar pájaros con un rifle de balines y básicamente se dispuso a fregarle la vida a nuestros familiares cercanos. En esta ocasión, no se escuchaba ruido alguno en el apartamento.

—Noé, hijo, recapacita en lo que debes hacer. Trata de volver a la escuela.

Con esto, Papi se fue a la cama, pues era tarde y en la mañana iba a trabajar en la fábrica de zapatos.

Ahora, mientras Papi miraba un juego de pelota entre los Orioles y las Medias Blancas por WGN, no necesitaba deducir por qué yo debía mudarme con tía Alessandra. Sabía que allí vivía una gran estrellita del béisbol juvenil en Humboldt Park y, según él, a quien yo debería conocer. Era Eric Rollins, pero los chicos de la calle lo apodaron Midnite por una razón. Una tarde ya oscureciendo Eric estaba al bate, otro chico dijo que tuviesen cuidado. Si te pega cuadrangular va a toma hasta media noche para encontrar la bola.

Durante los siguientes días, Papi me hizo alternar hogares entre el suyo y el de tía Alessandra. Llegué a conocer mucho de Midnite y me enseñó, por primera vez, el stickball—juego de solar muy común en todas las ciudades urbanas. Mientras yo me familiarizaba con los chicos Papi jugaba al dominó en el Capicú de Miño. Los muchachos allí reunidos lo hacían tocar el cuatro mientras otros lo acompañaban con congas, bongó, maracas, cencerro y la clave. Para ese entonces Yomo Toro era muy popular con Fania All Stars. Papi tenía un talento tan increíble con el cuatro que parecía ser el mismo Yomo cuando se inspiraba con los muchachos. Cosa que a todos en la calle les fascinaba.

—¿Y quién mejor que Midnite para que te enseñe el camino? Sabes, ese negrito me recuerda a Willie Mays. Su porte es el mismo; fuerte, ágil, da unos palos kilométricos y su humildad le brota por los poros—Papi me repetía una y otra vez, sonriendo y concluyendo con un Say-Hey (el apodo de Willie Mays).

Nunca había escuchado a Papi describir a alguien con tan venerable sinceridad y sabía que me lo decía para darme un refuerzo verbal. Al escuchar a mi padre hablar sobre las fortalezas de Midnite figuraba con esta comparación, expresaba la forma ideal de entretejer su elegancia con mi futuro. Era la oportunidad de fortalecer mi confianza y enfoque para no desviarme como lo había hecho Noé. En más de una ocasión Hands y otros me propusieron que me uniera a los Unknowns. Por suerte sabía que estaba pasando por un periodo de transición y las presiones de grupos no me hacían mella. En el esquema de las cosas, las verdades de mi herencia no permitían descarrilarme.

Mi padre había trabajado en Chicago desde 1956. Él esperaba que algún día yo me destacara en algún empleo que no tuviera que ver con el pegamento caliente en la línea de montaje en la fábrica de zapatos Florsheim, que era lo único que él había aprendido. No habían pasado unas semanas cuando Papi estaba feliz por mi progreso con la pelota. Me pidió que reuniera a los chicos en el solar baldío donde practicábamos con pelotas de goma. Trajo pollo frito con sodas y nos presentó a un historiador deportivo y gran amigo de su infancia—Edwin "Kako" Vázquez.

Ya que este solar era de salseros duros, Kako prende una vitrola de ocho-track y enjorqueta el álbum La Perfecta Combinación, de Johnny Pacheco. En el fondo Kako quiere que escuchemos a Pete "El Conde" Rodríguez cantar temas como: La Esencia del Guaguancó, de Catalino "Tite" Curet-Alonso; Shalom Malecum, compuesto por Justi Barreto; El Negro Panchón, Sin Caña y Sin Platanal y Sonero, escritos por Cheo Marqueti; y Blanca, el bolero de Pedro Flores.

Ya que en el solar habíamos varios chicos oriundos de Arecibo Kako decide adentrarse en la historia del béisbol de Puerto Rico relatando sobre un gran héroe de nuestro pueblo. En su cuento encontramos a un niño nacido el 1 de noviembre de 1927. Su nombre de pila—Víctor Pellot— conocido en la mejor farándula del béisbol mundial como Vic Power. Cuando la cigüeña llegó, Doña Maximina, la autora de sus días no sabía que este bebé de color chocolate traía en sus manos una mascota para jugar primera base. Allá en la Villa del Capitán Correa nadie se imaginaba que aquel niño se convertiría en un superdotado en el arte de defender el primer cojín.

Como todo niño fue creciendo. En su mente estaba la idea de aquel pasatiempo cuya personalidad se reflejaba imponentemente en su vida tal vez destinada a brillar con un resplandor autosuficiente. La escena se repetía, día tras día en su vida. Jugaba béisbol con los demás chicos al pie de una pieza de caña cerca de la Central Cambalache. Era un estadio de pelota improvisado con mucho afán y esfuerzo en aquellos días en que las cosas eran difíciles de conseguir. En el año de 1947, época costumbrista de Puerto Rico, Víctor Pellot ingresa al béisbol profesional firmado por las manos mágicas de "Felo" Delgado

Marques e Ildefonso Solá Morales. Ingresó al equipo Criollos Embrujados del Caguas-Guayama. Ahí jugaban peloteros de gran renombre.

Con diecisiete años de edad Víctor Pellot comenzó jugando esa temporada, ejecutando con mucho candor su estilo único de atrapar bolas en la primera base.

—¿De qué cielo cayó este muchacho? —Muy impresionado, preguntó Don Pepe Seda, quien fungía como manager de los Criollos.

Tan fascinado quedó Don Pepe con lo que sus ojos veían que, teniendo ya para ocupar la primera base al inmortal Perucho Cepeda y al veterano Sammy Céspedes, decidió, sin pensarlo dos veces, poner al jovencito de Arecibo a jugar regular, en la segunda base.

Kako detuvo su relato, pausó unos segundos y dijo—ahora, amigos, se preguntarán por qué segunda base, si en realidad nunca la había jugado. Luego él mismo contestó—sencillamente por sus manos privilegiadas y seguras.

Tal fue el caso, que el inolvidable Radamés López fue designado para enseñar al novatito algunos trucos y la mecánica que encierra, el juego en la segunda base. Kako mencionó que, si vamos a los archivos, encontramos que Víctor Pellot participó en más de 130 desafíos, como segunda base en las Grandes Ligas. Jugó también en los bosques, en el campo corto y en tercera base. Un dato curioso—nos relata Kako— fue el episodio en que en el Juego de Estrellas de 1955 Pellot jugó en la tercera base para Casey Stengel con los Yankees.

Después de jugar la temporada invernal del 47-48 como novato en Puerto Rico, su madre lo obliga a que termine el cuarto año, graduándose entonces de la Escuela Gautier Benítez en Caguas. De ahí, Quincy Trouppe lo lleva a jugar a Canadá donde adquirió una mayor experiencia.

Pellot no perdió tiempo y cada día mejoraba más y más. Bateó en Canadá para promedio de .339 y terminó subcampeón bate. Dave Pope le ganó por un par de puntos. Al año siguiente, El Hombre Mágico de la Primera Base—dijo Kako—empujó 105 carreras hacia el hogar y ganó el título de bateo con promedio de .334.

En la temporada invernal de 1948-49 en Puerto Rico, Víctor Pellot se adueña de la primera base y comienza a tejer su historia única e incomparable alrededor de un arte inconfundible y real. Su estilo único de fildear con una sola mano le daba un magnetismo especial, contrario a otros que lo criticaban y hasta lo llamaban hot dog y show-boat por coger la bola de esa manera. En una ocasión, jugando para los Twins de Minnesota, Jack Kralick estaba tirando un no-hitter con dos outs en el noveno episodio.

—Batearon un bombo corto hacia el right field y observé que el guardabosque no le iba a llegar a la pelota. Me viré y me fui detrás de la bola y logré mascotiarla—como se dice en el argot deportivo—dándole un galletazo a la bola—dijo Vic Power.

—Los periodistas—dice Kako—ya ustedes saben. Le cayeron encima indagando de por qué él hizo eso si el partido era un no-hitter.

—¿Qué hubiera pasado si la bola se le hubiera caído? —pregunta Kako, mientras levanta los brazos con las palmas de las manos boca arriba.

El asunto del mascotazo cedió cuando el propio lanzador Kralick le comentó a la prensa que, para él, su no-hitter estaba asegurado cuando vio salir la bola en dirección de primera base.

—Dejen a Vic Power quieto. Gracias a él logré la hazaña. Power con una mano coge mejor que todos los demás peloteros juntos con dos—dijo Kralick sonriendo.

En realidad, Pellot era un hombre que jugaba el béisbol con una felicidad plasmante y una contentura de cachete a cachete. A muchos les molestaba su forma de ser, tildándolo de vacilador y a veces incorregible. Entre otras cosas, su forma de vestir, de expresarse y de ser le ocasionó problemas. Era una época socialmente tambaleante que buscaba su propia identidad malogrando, en muchas ocasiones, los derechos de los hombres de color y más aún de los latinos. Pellot sabía en dónde estaba pisando. Las minas del mal sabor estaban ahí, listas a explotar sin pena ninguna, para degradar a aquella raza de hombres que habían entrado a este pasatiempo, gracias a papá Jackie Robinson.

Después de un Juego de Estrellas de la Triple A, Pellot era parte de una gira. Fue en una ciudad de esas, completa y extremadamente racista y dominada por los famosos rednecks que Pellot salió en su Cadillac convertible, orquídea en color, el cual se lo había ganado con mucho sudor. Iba acompañado de su novia—

¡ay, mi santo! —grita Kako, algo alterado—una rubia grandota de cinco-nueve pulgadas de estatura.

Kako, para la narración de nuevo, vira sus nalgas hacia el grupo y, con la vista plantada en nosotros, dice:

—Imagínense amigos, era terrible este negrito, casi na. Una modelo de profesión con un cuerpo despampanante a todo dar. Causaba calor la damita rubita, mis amigos, iba vestida con muy poca ropa, pero como una princesa. Por su parte el negrito no se quedaba atrás. Tenía puestos unos Bermuda shorts blancos, una camisa amarilla de seda con florecitas rojas, verdes y violetas, y unas sandalias color marrón—cuenta Kako lanzando una larga carcajada y continúa la charla.

—Te imaginamos Pellot. Qué cuquero con tus medias rojas hasta las rodillas, unas buenas gafas de sol y un sombrero Panamá color crema—y sigue riendo.

Pellot llegó un poco tarde a la fiesta que estaba completamente encendida, entonces le dio el carro a un valet, un negrito que se parecía a Doroteo (un famoso personaje de la televisión en Puerto Rico). El valet le advirtió con gran acento sureño:

—Man, you're going to get killed.

Pellot creía que era una broma y cuando asomó la cara por la puerta, de inmediato se sintió un murmullo y luego unos gritos y algunos silbidos.

—¿Quién diablos es este tipo con vestimenta de payaso? —Un camarero dijo en voz alta.

—Un negro con una pelirroja, llamen al Ku Klux Klan—gritó otro tipo.

—Saquen a ese negro hijo de madre de aquí—exclamó a toda boca otra pecosa sureña, mientras se paraba en una silla.

Los peloteros amigos de Pellot lo respaldaron abiertamente y discutían con los que querían sacarlo de allí. Hubo dos viejas gordas que se fueron a las manos con las esposas de algunos de los peloteros amigos de Pellot, cayendo y rodando por el piso. Uno de los gerentes del exclusivo Country Club en donde se celebraba la fiesta, le gritó obscenidades a Pellot y a Clete Boyer, quien jugaba una gran tercera base para los Bravos de Atlanta. Pellot le metió un galletazo al gerente, que lo elevó por los aires, cayendo el tipo sobre la mesa del bufé y los jamones. Los pavos y el roast beef saltaron para arriba. Se formó tremendo salpafueras.

—Aquello acabó como el rosario de la aurora—comentaba Pellot, quien nunca supo por qué se formó el lío. Si por la rubia o por la vestimenta que él llevaba.

Pellot siguió su ascenso en el béisbol. Los Yankees compraron su contrato al equipo de Drumondville de la Liga Canadiense por $7,500. Supuestamente, a él nadie le dijo nada del asunto. Se enteró cuando Tom Greewade, el escucha que firmó a Mickey Mantle, lo fue a ver jugar, sin avisarle nada. Este hizo un reporte sobre Pellot donde resaltaba que era un fenómeno en todo menos fildeando, pues esa vez hizo su primer error de esa temporada. En la transacción, Pellot no recibió un centavo. Aconsejado por Silvio García y Trouppe, se presenta donde el dueño del equipo, un francés.

—¡Es increíble! Usted me ha vendido a mí como se vende el ganado. Usted no me ha dado nada, pues se quedarán esperando en Nueva York—le dijo Pellot al francés.

Para sorpresa de Pellot, el francés se puso pálido, pero más tarde vino con una bolsa llena de dinero. Pellot pensó que iba a ser rico. ¡Qué va! Eran todos billetes de a uno y algunos, en la inferior moneda canadiense. La cuenta total del dinero resultó ser de quinientos dólares.

Víctor Pellot se encaminaba a formar parte de uno de los equipos más tradicionales de las Grandes Ligas, los Yankees. Entonces, el muchacho de Arecibo fue asignado a Syracuse, de clasificación Triple A. Este equipo entrenaba en un pueblito llamado Plant City. La sorpresa fue más grande cuando Pellot terminó de practicar y se dirigió a una fuente a tomar agua. El letrero decía: For White Players Only. El mismo letrero también había sido puesto en los baños.

Pero el mismo tema de racismo andaba por todas partes. Cuando los peloteros fueron a coger la guagua para ir al hotel, el encargado del equipo dijo: White players, this way. Todos los blancos salieron para la guagua y Pellot se tuvo que quedar.

A los quince minutos, lo recogió un negrito en un taxi destartalado, al cual le sonaba todo, menos la bocina. Pero lo bueno estaba por venir—más embustes y mentiras—dice Kako. El negrito que vino a buscar a Pellot tenía instrucciones de los Yankees de llevarlo a su lujosa "residencia". Era un cuarto en una funeraria de un barrio negro. La bienvenida para el Vic Power fue un gran velorio, pues había tres negros en sus respectivos ataúdes. Sólo nos imaginamos, la cara de Pellot.

En el pueblo fue otro cantar. Fue arrestado, pues había una ordenanza municipal que prohibía a los negros estar en el pueblo después de las seis de la tarde. Lo dejaron libre cuando explicó al juez gringo que era pelotero y que venía de Puerto Rico y que en su patria se mezclaba todo el mundo. Sí, Pellot era increíble, se las ingeniaba para salir de los aprietos—continuaba Kako ante el afán de los chicos de llevar todo esto a una conclusión lógica.

En otra ocasión, Vic Power tuvo un incidente con el viejo Casey Stengel. Era una de esas tardes oscuras de otoño, en la cual la sombra del imponente Yankee Stadium le tapaba la cara al lanzador y se le hacía bien difícil al bateador, poder ver bien la bola. Estando Pellot al bate, con dos hombres en base, Stengel sacó a Whitey Ford y puso a Ryne Duren a lanzar. Duren era medio descontrolado, pero tenía una recta a mil. Mientras Pellot estaba esperando que el relevista calentara, Duren tiró dos o tres lanzamientos completamente descontrolados, por encima de la cabeza del receptor y del árbitro. Antes de hacerle el primer lanzamiento a Pellot, se quitó los espejuelos que eran de esos para ciegos. Sacó el pañuelo y empezó a limpiarlos. Mientras todo eso ocurría, del banco de los Yankees lo que se oía eran carcajadas. El primer lanzamiento fue una recta a noventa y pico que le zumbó detrás de la oreja a Pellot. Esta vez no fue a loma. Caminó hacia el banco de los Yankees con el bate en la mano y se dirigió a Stengel.

—¡Mire viejo sinvergüenza! ¡Si ese ciego me da un bolazo, es a usted a quien le voy a meter un trancazo en la cabeza!

Para que fue eso. Se formó un motín y enviaron al negrito de Arecibo a las duchas, pero ni Duren ni ningún otro lanzador de los Yankees le volvió a tirar a dar.

El mismo Casey Stengel argumentó en una ocasión que los Yankees nunca debieron haber vendido a Pellot. Sin embargo, fue George Weiss, gerente general, el que ofendió a Pellot cuando dijo a los periodistas que los Yankees tendrían un pelotero negro algún día. Pero tenía que ser decente. Este insulto trajo consigo repercusiones. Los boricuas y los negros de Harlem hicieron huelga al frente del estadio por buen tiempo. Los periodistas de Nueva York tildaron de racistas a los Yankees. Anteriormente los Yankees mantuvieron en las menores a Pellot por mucho tiempo, a pesar de las grandes temporadas que el muchacho boricua había tenido. También se hizo la misma crítica cuando se cuestionó el problema de que si era por racismo que no lo habían subido al equipo mayor. Pero las cartas ya estaban echadas y cambiaron a Pellot a los Atléticos de Filadelfia, por un montón de peloteros. La prensa le cayó encima de nuevo al negrero, George Weiss y éste respondió de una forma repugnante. Dijo que a pesar de haber sido elegido Pellot, como el Mejor Jugador de las Ligas Menores y el Más Valioso de la Liga Asociación Americana, aún no había probado que le podía batear a los lanzadores de las Mayores. Pues la verdad fue que no lo dejaban enfrentarse a ellos.

No era fácil la tarea impuesta por la vida, a Víctor Pellot. Aquellos días fueron una gran escuela para este Señor que no se dio por vencido y aceptó sus primeros pasos en el béisbol del norte. Por el hecho de haber subido con los Atléticos de Filadelfia puso de manifiesto el plan travieso y malévolo de los Yankees para el boricua. Para esa fecha, los Yankees exiliaron a Pellot. Tenían jugando en primera base al mediocre y aventajado Joe Collins. Ya los Yankees no podían inventar cosas para mantener en las menores a un buen pelotero que lo había probado todo. Se acercaba rápidamente el día de apertura del campo de entrenamiento de primavera. Los Yankees, antes de permitir que Pellot se pusiera la legendaria camisa blanca de rayas negras, prefirieron obsequiárselo al equipo más malo del béisbol. El equipo que menos daño les pudiera hacer a ellos durante la temporada.

En Filadelfia lo recibieron muy bien. Connie Mack, dio a cambio, casi todo su maltrecho equipo, el cuál juntándolos a todos los peloteros no hacían la mitad de un Vic Power. Al año siguiente, Mack casi quiebra. Vendió la franquicia, pasando los Atléticos a Kansas City, lugar donde Pellot demostró sus quilates proclamándose subcampeón bate con un robusto promedio de .319.

Definitivamente, Víctor Pellot tiene tela para cortar en los anales del béisbol. Mientras fildeaba con gente en base, Pellot fingía que iba a coger un bombo y mientras la bola estaba en el aire, miraba de reojo a ver qué estaban haciendo los corredores. Si los veía moviéndose dejaba picar la bola y lo que era un out seguro se convertía en doble matanza. Eso lo hizo muchas veces, al punto en que una noche se formó un tumulto en un juego en Boston. Poco tiempo después, los magnates del béisbol añadieron la nueva regla. La del infield-fly-rule que fácilmente se podría llamar The-Vic-Power-Rule.

En otro caso, Vic Power fue también responsable de que se cambiara la regla que requiere que el receptor se ponga de pie al margen del cajón para recibir los envíos durante una base por bolas intencional. Ciertamente, Pellot en repetidas ocasiones se vio batear la bola mientras lo estaban poniendo en base intencionalmente.

Pellot tenía una habilidad natural y su dominio completo del juego lo demostró en una de las jugadas más extraordinarias en las Grandes Ligas. Todavía se habla de ella y lo más probable es que no se vuelva a repetir. El 18 de agosto de 1958, vistiendo la franela de los Indians de Cleveland en un juego contra Detroit en el octavo episodio Pellot conectó un imparable impulsador de la carrera que le dio ventaja de ocho a siete a los Indians. Entre una cosa y otra, Víctor llegó hasta tercera base. Lanzaba Bill Fischer y estando al bate Minnie Miñoso, Pellot sorprendió a todo el mundo robándose el plato ante el asombro de todos. El estadio se quería caer.

Los Tigers empataron el juego en el noveno. En el décimo, Pellot metió su tercer imparable de la noche y llegó eventualmente hasta la tercera base cuando se llenaron los sacos. Lanzaba ahora Frank Lary, el astro derecho de los Tigres y al bate Rocky Colavito, el Sammy Sosa de los jonroneros de aquellos tiempos y quien había conectado sus jonrones 25 y 26 esa misma noche. Entre los Tigers y los Indians no existía mucho amor por la guerra de bolazos en la cual se habían enfrascado durante toda la temporada. Y Vic Power era el objeto de muchos de éstos. Estando Pellot en la tercera base, hizo el agüaje de robarse el plato al primer lanzamiento de Lary.

—No te preocupes por ese mono viudo. El sólo está tratando de descontrolarte—gritó desde el banco el temperamental Leo Dorocher quien esa vez fungía como coach con Detroit.

—Mira saco e cuernos, ya sé por qué Laraine Day se divorció de ti—le contestó Pellot con furia. Laraine Day, ex-esposa de Durocher, era una artista de cine muy famosa en aquellos tiempos. Estando Frank Lary preparado para hacer el próximo lanzamiento, Pellot volvió a hacer el agüaje de irse al plato, pero regresó nuevamente ante la mirada amenazante del corpulento Lary. Los gritos e insultos del banco de los Tigres seguían, y aumentaba la intensidad. Con el conteo en dos bolas y un strike Pellot hizo nuevamente aguaje que se iba para home, pero esta vez ni el mismo diablo lo detenía. Se deslizó de lado, tocando el plato con la punta del pie zurdo a la vez que esquivaba la trocha de Charlie Lau. A lo Canena Márquez, con el grito grandioso de safe del árbitro, entraba Pellot a las páginas de la historia y en la poltrona de los inmortales. El estadio se quería caer. Los Indians ganaron el juego rompiendo una racha de cinco derrotas.

—Desde el 1927 nadie había logrado robarse el home dos veces en el mismo partido, ni mucho menos en esas circunstancias—así concluyó Edwin y esa noche tuve un sueño sobre el racismo en el béisbol. Era sobre héroes trabajando y rindiendo bajo circunstancias extraordinarias. Allí vi a Vic Power ser servido en un restaurante blanco. La waitress, ponía atención, todo el mundo escuchaba cuando Victor pellot daba su opinión. En el cuadro hay muchos colores y el único importante para Pellot era transparente. Trabajo en conjunto hacia la circunstancia, y aprender de las culturas, y magisterio contra la desmotives o jugar a clip de 130 por ciento ante la adversidad.

Ahora entendía más a fondo lo que es consultar, a través de la innovación de la experiencia. A mi haber, con la visita de Kako Vázquez y su relato sobre Vic Power, mi padre me estaba recordando que la experiencia separa a los útiles de los inútiles, para moldear su cerebro en sincronía con el medio ambiente. Siempre vio a Noé como un cero a la izquierda. Yo, en cambio, debía ser la nomenclatura del que se enfrenta a las eventualidades, sin la duda de convertirme en otra fuente de peligro.

Inspirado en llegar a ser un buen periodista, debía aprender a pensar en retroceso—aprender a escuchar, ser escuchado y que mi punto de vista sea de respeto.

Mientras Edgar tomaba la ruta larga utilizando la Avenida Damen hacia el Capicú de Miño, yo le preguntaba a Fox si alguna vez tuvo experiencias similares. Me contestó que nació y creció en un ambiente difícil. Había vivido entre pandillas y tráfico de drogas. Pero su ventana de oportunidad lo llevó a verificar que el librero de la calle no sólo contenía lo que se veía en los alrededores, sino que el poder de su propia disciplina le enseñó a visualizar de afuera hacia adentro. Frankie "Fox" Sanabria era un hombre grande, con una carga pesada. Fue el primer negrito latino en obtener un título de bateo escolar mientras jugaba con Lane Tech High School—la misma escuela que luego enviaría a Tommie Aggie a las Grandes Ligas. Hasta ahora, nadie había podido rebasar su record escolar en bateo, cuadrangulares y carreras empujadas. Siendo también el primer jugador de color en un colegio donde los blancos dominaban, desde su primer día en el equipo, fue el foco de todas las miradas. Todos especulaban que la escuela quería seguir la línea de igualdad de las Grandes Ligas, ya que, dos años antes, Jackie Robinson había logrado lo mismo con los Dodgers de Brooklyn. En aquel entonces, el racismo era tan intenso, que algunos compañeros del equipo le clavaron a Fox el apodo de Double Níger (Doble Cocolo), ya que era negro y latino. El apodo despectivo no sobrevivió por largo rato pues el director amenazó con dar de baja al primero que lo utilizara, y aseguró que Fox les probaría a todos, el sentido de la fortaleza y motivación ante la adversidad.

Las historias reales de cada uno de los que conocía en su travesía deportiva le obligaron a realizar que él no era una excepción, sino que otros también debían abrir la ventana de la armonía social. Así fue que Fox trabajó intensamente con otros latinos para mejorar Voces Barreto, ya que la Sociedad fue fundada a principios de los cincuenta, pero necesitaba una infusión de principios nuevos, acorde con las necesidades de la década de los sesenta. Al comienzo, sus conceptos eran básicos, circulando alrededor de unos cuantos asuntos de los inmigrantes a bajo ritmo. Ahora la filosofía era actuar y ejecutar, todavía a pasos lentos pero centrados, hacia mejores resultados, pues las pandillas estaban girando su propósito hacia el tráfico de drogas descontrolado y los choques étnicos estaban a la orden del día.

Siendo objetos de mucha discriminación y racismo, Mongo, Félix, Magila y Fox estaban dispuestos a trabajar duro, a tomar responsabilidad de sus propias acciones para aprender a circunvalar aquel comportamiento al parecer indiferente que parecía plagar todas las urbes de la nación americana. Para el inicio de 1960, Voces Barreto tenía sus principios plasmados en papel. La más fina característica de estos principios llevaba la marca de la humildad. El hecho de permanecer tan humildes y sencillos con la misma sencillez del Barrio era una actitud poderosa para engrosar los problemas.

A medida que Fox me narraba con entusiasmo como había molido a los lanzadores opuestos durante cuatro años con Lane Tech High School, me daba cuenta que Voces Barreto había adoptado la exposición multicultural y la evolución de las tendencias de habilidades individuales, como su eje de fuerza. Era imprescindible contar con individuos con experiencias amplias. Aquí relucía la vieja línea de que el éxito no se compra. Los que poseen algún tipo de talento o simplemente, los que llegan a la cima porque dominan las ventajas ocultas, eran buenos candidatos para Voces Barreto. Aquellos que conocen las oportunidades extraordinarias y el legado cultural que permiten el aprendizaje, para luego manipular el mismo entorno como otros no han podido.

Edgar tenía razón. Virando la página de las ideas me di cuenta que este proyecto no era cosa de magos. Voces Barreto representaba el equivalente social de una red central conocedora de los factores sociales, culturales, profesionales y económicos del Barrio. Pronto me percaté de que la razón de ser de Voces Barreto era practicar el hábito de inducir personas que trabajan o viven en diferentes círculos para elaborar estrategias hacia grandes cambios. Tenía la oportunidad de ver como los eventos pequeños influenciaban el comportamiento y características del sistema social escogido por mi padre. Por el tono optimista de todos los que me deseaban éxito en mi iniciación, sabía que la misión de cambio positivo de Voces Barreto era posible y debía poner atención a todos los sucesos, tan mínimos como parecieran.

Aun con esta maraña de ideas estaba completamente escéptico de si en realidad los pequeños acontecimientos, pueden llevar a cambios importantes. Estaba en la encrucijada de verificar si las circunstancias del Barrio eran las adecuadas. Siempre pensé que la epidemia de comportamientos y productos urbanos se interponen en las ideas para impedir la mejoría de la situación en las calles. Dentro del esquema organizativo, toda esta situación me recordaba cosas de mi pasado. Aun los detalles bloqueados se inmiscuían entre mis mejores recuerdos. Quizás el asunto principal en todo esto era encontrar las verdades de mi herencia. Debía revivir mis memorias y ponerlas en evolución. Tal vez el origen de la persona tiene peso detrás de la lógica del éxito. No era cosa de magos.

Y como por arte de magia, ahora estaba sentado dentro de una vieja oficina en el Hotel Víctor. Las piezas del rompecabezas no se asemejaban. Situado casi dos edificios cerca de la esquina de la avenida North y la calle Leavitt, el Hotel Víctor parece otro solitario edificio. Posee las mismas cualidades arquitectónicas del área donde ocurrió la Masacre de San Valentín, varias décadas antes. Desde la oficina podía ver el letrero principal suspendido como a nueve metros sobre la acera. Estaba repleto de grafiti. Las amplias rayas y garabatos—las marcas de distintas pandillas—eran más prominentes que la idea de lo que un letrero realmente quiere anunciar. Disponía de algunos segundos para imaginar como el tiempo también marca su territorio. Aun con su avanzada edad, el Hotel Víctor vibraba por el frente con sus ladrillos rojos que parecían nunca envejecer. Detrás, sólo había una vieja calle de servicios y un zafacón metálico gigante para la basura con sus huellas de balaceras. Cada pulgada del asfalto de la calle era como un desierto trazado en grafiti. Por dentro, unos cuantos dólares podían ser suficientes para una noche de descanso antes de laborar en la fábrica o para una reunión antes de ir a golpear los rivales pandilleros. Este era el tipo de habitación que muchos inmigrantes latinos preferían. Una posada barata dentro de las oportunidades del sueño americano.

—¿Cómo te trata el incansable genio de mi hijo? —entra Emma Avilés y me pregunta con tono articulado y gentil.

En forma humilde, sólo me concreté a explicar que el trato de Edgar hacia Alessandra era lo que me más me incumbía. Ella no había sido feliz con el difunto Rigoberto. Inevitablemente, Emma tuvo que confrontar lo que yo sabía. Me tomé plena libertad en desglosar aquel oscuro capítulo en la vida de Alessandra ya que todo estaba claro entre todos. Entonces, concluyendo con lo extremo de haber sido testigo de los abusos de Rigoberto hacia Alessandra, Emma interrumpió, se levantó y me estrechó ambas manos arropando las mías. Sentí su calor físico. La sinceridad vestía de ternura su mirada segura, pero con rastros de una vida agotada.

—¡Entonces, eres la personal ideal para Voces Barreto! —me dice dando muestras agradables.

—¿Cómo? ¿Es usted parte de la Sociedad?

—¿Te sorprendiste verdad?

—Me dijeron que alguien iba a verme anoche. En la Association House. ¿Era usted? —Emma negó con la cabeza.

Ahora lo último que deseaba era desaprovechar el chance de ser asertivo ante personas con autoridad. Sabía que, por varias décadas Emma había moderado su lenguaje del saber social enfatizando el rol de la familia, conociendo las prioridades de la comunidad y trabajando en el desarrollo centrado en la gente. El escenario de su lucha por fortalecer las condiciones del Barrio me obligaba a preguntar si yo estaba irremediablemente extraviado y si debía perseguir una carrera en periodismo.

—Todos nos equivocamos en el camino, y si alguien te dice que nunca estuvo perdido es porque no conoce la lógica detrás de las oportunidades ocultas—Emma contestó sin titubeos y continuó.

—A veces escogemos la vía incorrecta del sentido de los logros, y para eso es este experimento.

—¿Experimento? ¿No me diga que se trata de otro ejercicio para medir cortisol y testosterona? —Emma echa una carcajada.

—Mira nene. ¿Te enteraste del incidente la semana pasada en el Aragón Ballroom?

—Sí, claro, todo el mundo sabe. Ismael Miranda estaba cantando Mi Oportunidad y a mitad de la canción, los Latin Kings y los Imperial Gangsters se entraron a tiros.

—¿Y cómo crees que Ismael reaccionó? ¿Y sus músicos y la gente allí rodeada?

—Bueno tía, casi voy a ese concierto, pero me ocupé un poco con Gloria Mónica Bazán. Dicen que Ismael y su orquesta estuvieron serenos. Con la gente fue un pandemonio.

—No me llames tía, creo que mejor estoy calificada como abuela, y antes de que te instruya un poco sobre la fuerza poderosa del legado cultural, te voy a pegar tu nuevo apodo—Lord Sereno.

Ahora soy yo el de las carcajadas. Como la otra canción de la Sonora Ponceña titulada: Ahora yo me río.

—¿Qué? ¿Cómo que Lord Sereno? ¿El que manda a Ismael Miranda a dormir?

—Pues sí, te pega bien, y no lo saqué de peculiaridades físicas, sino de algunas circunstancias.

Circunstancias que me enseñaban más, ahora que conocía las historias de Frankie "Fox" Sanabria y la de Vic Power. Estaba seguro que Kako Vázquez también era miembro de las Voces. Algo me decía que estaba bien empapado en la misión de la Sociedad.

Así iba comprendiendo la importancia de la imaginación y de enfocar en diferentes direcciones. Estaba aprendiendo que el éxito de la familia Avilés no se debía a su relativamente alto grado de inteligencia, sino que poseían ciertas virtudes para explotar las oportunidades en cada coincidencia y en algunas circunstancias. Circunstancias que quizás, aparecieron de esa fuerza familiar, de vivir mudándose cada tres años con el Ejército. El legado cultural de la familia Avilés estaba, obviamente, arraigado en una combinación de las raíces puertorriqueñas y las Zonian. Todo indicaba que la potencia de su legado se centraba en la oportunidad escondida de haber vivido en muchos lugares, ante gente con diversas perspectivas. Para ellos, el éxito había surcado una senda predecible. A cambio, mis perspectivas eran cortas, rezagadas y limitadas—a merced de la calle y huérfano de las posibilidades por el pesimismo que día a día roía, la moral de los jóvenes del Barrio. Todos en espera de la hora-cero, pero la mayoría estaban ciegos. Eran pocos los que valoraban el potencial de Voces Barreto y su cultura de honor. Mis tarjetas bajo la manga apuntaban a concentrar mis energías en saber más sobre mi propia cultura de honor. Ni tan siquiera había escuchado el término y si me lo hubiesen presentado unos meses atrás me hubiese reído a carcajadas. El relato sobre Vic Power ayudaba a abrir mejores puertas. Trataba de desojar mi juventud ante aquellas cuatro paredes, pero no deseaba generalizar mucho sobre mis antecedentes evolutivos. Prefería mantenerme lejos de estereotipos y asuntos que podían girar la balanza racial y, menos aún, no era la hora para comparar el status puertorriqueño con el de esta tierra fría. Sólo estaba claro que las estadísticas y logros de Vic Power apuntaban hacia la conexión entre una combinación de habilidades propias, herencia de patria, y la malévola presión racial. Kako—a mi haber—quería que yo supiera asociar lo complicado de la diferencia entre el tratamiento con calor a ser tratado con dominancia y hostilidad. Iba a necesitar mucha clarificación de los mentores en Voces Barreto y, de un modo u otro, tendría que enfrentarme a ellos en una sesión secreta y demandante.

Esta vez, Emma lideraba de frente. No me sorprendía con un diario de bolsillo, sino con la coincidencia de que una de sus virtudes era la ventaja de navegar en cualquier cultura popular. Ordenó dos cafés y me instruyó sobre la cultura de honor. Lo que escuché, me enseñó que, para entender la cultura de honor,

hay que visualizar de cerca cómo la gente se gana la vida con
cambios de tiempo como si estuvieras en otra dimensión. Luego
sumas dos y dos de los acabados y te das cuenta de lo que es
lidiar con el sentido emergente de la distancia, la desconfianza
y la limitación.

* * *

Quince años atrás, en un cálido y húmedo día de mayo de 1957,
Emma se encontraba en su dormitorio temporero en el Hotel
Kelly Ritz, leyendo un recorte de periódico. Tenía que hacer una
investigación para otro informe, mientras que el teléfono AT&T
con mancuerna francesa sonaba y estremecía la quietud de la
habitación. La noticia publicada en el Panama Canal Spillway
era insólita.

Tres

Esta vez decidí caminar desde el Hotel Víctor a la Fairfield. En la ruta estaba el Yauco Lounge y, más adelante, el Club Caribe. Si no me equivoco, unos años atrás, Marvin Santiago con Rafael Cortijo y su Bonche se habían presentado en el Caribe. Era más frecuente verlos en La Concha, en la esquina de las avenidas California y North. Mientras caminaba, imaginaba a Marvin cantando Ahí Na Ma, Vasos en Colores y La Campana del Lechón. Luego, imagino al Sonero del Pueblo con su sombrero prapra, en su habitual voz áspera versando la jocosa y pícara frase popular: ¡Linda melodía!

Mientras me dirigía al Capicú de Miño, pensaba en los temas de la desconfianza y la limitación para escribir otro artículo de mi vida, sabiendo el trofeo de visitar y vivir en Panamá, no llevaba precio. Lo tenía planchao. También visualizaba la incertidumbre de otros iniciados en las Voces, mientras calzaban mis zapatos.

Por suerte Edgar me aconsejó que, cuando existen dudas lo mejor es hacer que la gente hable. Hasta ahora tuve éxito. Hice preguntas abiertas que sacaron respuestas sobre lo más interesante en la vida de otros. En casi todas las personas pude verificar que su regionalismo de conversación era su modo de expresar experiencia. Tratando de vincular los lugares, eventos y personas recordé otra frase de Edgar para encontrar la solución a cualquier incógnita: Ponle corazón. Me sonaba que era hora de vencer la mediocridad y no seguir operando en el pasado, sino hoy. ¡Ahora mismo!

—Utilicen la historia, piensen en los antecedentes y el contexto para forjar criterios fijos—había dicho Edgar a la clase, mientras discutíamos la importancia de actuar por encima del promedio. Sin tomar atajos, ni dormirse en los laureles.

En la Fairfield se veían las dos caras de la sociedad—los de la droga y a otros de buena casta, como Midnite, quienes servirían a la medida de sus fuerzas. Los principios de las Voces Barreto forzaban a escoger fríamente asuntos o temas atizando el don de la razón. Hasta ahora, estas personas no podían quejarse de no haber sido lo suficientemente persuasivos conmigo. Ni yo me quejaba de su gran ayuda. Todo esto pudiese haber sido la verdad de una gran mentira. Aún no estaba totalmente instruido sobre cómo Voces Barreto plasmaba un lenguaje coherente en sus métodos para moldear la sociedad a su favor. Lo último que deseaba era que alguien con autoridad me confesara que todo el plan era fingido. Igual que las mentiras de las pandillas locales. Particularmente, cuando te quieren reclutar.

Aunque mi caminata era región de dudas, miedos y limitaciones, me sentía más cómodo. Desde mis conversaciones recientes con

Emma, Kako y Fox supe que su sinceridad era genuina. Tan genuina como el de mi profesor. Sus amplias experiencias y conocimientos me hacían ver que se puede intercambiar tiempo por distancia. La estética del proyecto me daba a entender que me encontraba ante un plano psicológico, subjetivo a la artesanía de las Voces Barreto. El modo de la antigua Sociedad aparentaba la importancia de conectar los puntos de vista espaciales, temporales y de realidad. Después de mi encuentro con Pirañita, no me quedaba otra salida que entender mi cercanía con lo melodramático. Lo gráfico y lo intenso de la calle a veces venía con lo peor. Como la desafortunada muerte de Evaristo Ortiz. Por ende, era importante meterme en las mentes de estos mentores.

Los tiempos no cambian. La gente sí. Las experiencias reales de Fox, Edgar, Manrique, Emma y hasta los de Pirañita eran auténticas. En sus vidas cotidianas se armonizaba y combinaba, a la perfección, la disponibilidad de interactuar entre acciones positivas y negativas. No debían existir límites para ponerle corazón a los problemas del Barrio. Ellos pretendían ser lo que pensaba que eran. Quizás, su poder u oportunidad sólo les permitía revelarse en la forma que yo los percibía. Pero, mi percepción era clara. Eran mi mejor fuente.

Llegué al Capicú doce minutos antes de las seis y no pude evitar escuchar y tararear al son de Cheo Feliciano la canción Pa Que Afinquen; composición de su compadre y consejero, Tite Curet Alonso. Tampoco pude evitar fijarme que estaban en la puerta, dos enormes hombres de color. Miré hacia la mesa de billar situada en el centro del salón y vi que Miño jugaba una mano de bola-nueve contra otro hombre de color. El hombre fumaba y bebía cerveza, algo impaciente. Miño le corría la mesa a su antojo. En bola-nueve, Miño era realmente un show-boat. Demostraba en su juego una fina precisión. Su destreza parecía impulsada por el ritmo parejo de las bolas de marfil rodando sobre el liso paño verde. Esta era su mesa preferida. Saboreaba cualquier oportunidad de dar cátedra en el deporte de la tiza y geometría en bandas elásticas. Supe que el escenario esta tarde no era un pasatiempo. Mientras, Miño enviaba las bolas a las troneras de esquina y laterales, ante su perplejo rival. El contrario nunca pensó, Miño con 80 añitos cumplidos y un hijo llamado Dillinger, le estuviese sacando la ñex a lo Jackie Gleason.

Para mí era una gran sorpresa. En las pocas veces que estuve aquí, noté que todos los que asistían eran latinos. Hoy sentí que el ambiente estaba tenso, entre la humarada del tabaco de Miño. Nadie más jugaba y todos estaban a la expectativa del torneo.

La curiosidad mató al gato. Muy despacito y silencioso, para no alterar el tren de juego, me acerqué a Wiso. Era un joven de diecinueve años dueño de un precioso Plymouth Duster amarillo. Wiso era un fanático de la ciencia del billar. Aseguraba estar ante el mejor jugador de bola-nueve en Chicago.

—¿Quiénes son? ¿Qué hacen aquí?

—Vinieron del southside pero metieron la pata—me dice Wiso en tono susurrante.

—Ya veo, este se chocó con el mismísimo demonio del billar—dije sin haberme enterado del resto, haciendo un gesto con los labios hacia el contrincante de Miño.

—¿Te parece bien saber que Miño no está muy contento? —dice Wiso, mientras me mira fijo a los ojos, tan cerca que casi me muerde.

—¿Qué tienes? Yo lo veo tranquilo.

—No panita. Vinieron a capiar treinta libras de pasto.

—¿Cómo? ¿Aquí?

—Si, prácticamente aquí. Miño se enteró que iban a tranzar al frente del Capicú.

—¿Y qué dijo?

—Bueno, uno de los gorilas se quiso poner machito. Miño lo encañonó con la mágnum en la sien y jaló el gatillo hasta atrás. Al bribón le temblaron hasta las medias.

—¡Ay madre mía! No me digas más. Casi una tragedia anunciada.

Además de ser buen hombre de negocios, Herminio "Miño" Ledé era un bravo en el billar, pero con cuentas claras. El líder de los negritos no quería problemas y mucho menos que le bolearan uno de sus secuaces. Por esto, al parecer, sin saber sobre las habilidades de Miño, pidió la paz y lo retó a que jugaran diez mesas de bola-nueve. El visitante puso el precio de la mesa en veinte dólares, cada una.

El viejo lobo, oriundo de Fajardo, ya le ha tumbado siete mesas corridas y aún ni ha podido tocar su palo. El moreno tira los sesenta dólares restantes sobre la mesa. Los tres visitantes salen como alma que lleva el diablo rumbo al south-side. Se van desconsolados y sin marihuana. Ahora Miño sabe quién es el de la movida y, de seguro, lo va a echar de la Fairfield a puntas de botas.

Ya instruido en otra peculiar instancia del barrio, Edgar me pidió que jugáramos un partido de dominó contra Fox y Miño. Después de ver lo transcurrido, nadie anticipaba lo inesperado. Mientras el juego de dominó tomaba su curso el cholo de Fajardo tomó su otra varita mágica. Dijo que Voces Barreto siempre dependía de las sorpresas y del factor de la innovación en casos de emergencia. Y no lo decía por el asunto de la mágnum, sino que Herminio Ledé era considerado el mejor árbitro y experto instructor con armadura en el béisbol mayor en el Humboldt Park. Nunca hizo la llamada de out o safe hasta lograr buena posición. Así, comenzó a predicar que el plano de visión hace un cono desde las pupilas hasta lo ancho de la jugada.

—Dentro del cono en la jugada deben existir tres elementos; el corredor, la bola y el guante—habló con mucha confianza y continuó.

—Las manos descansan sobre las rodillas con la máscara en la mano izquierda. En la derecha te arriesgas a lanzarla al bombear el out con el puño derecho—continuaba, simulando que la mejor posición es en parada de frente, con las rodillas dobladas y ambos pies en el suelo.

—Un error común es llegar a la carrera y tratar de hacer la llamada en moción—dijo haciendo los gestos como si estuviera en el campo de juego.

Muchos de sus colegas eran efectivos llamando a la carrera, pero todos sabían que no es la mecánica correcta. Nunca pensé que las mecánicas del arbitraje fueran así. Resultaba que la probabilidad de mal cálculo de posicionamiento es a menudo la diferencia en la sentencia. Quizás era un buen tópico para otro reportaje.

—Otra falta es no vender la llamada ante todos. Los árbitros persuaden a todos con acciones claras, sin titubeos. Lo que se dicta con seguridad, rara vez es reversado—dijo Miño con sonrisa de oreja a oreja aguantando las chapas de la Magnum en su vaina.

Esta bulla era para calmar los ánimos. A mi haber, era gracioso percibir la armonía del incidente con el súbito discurso sobre arbitraje de béisbol. Sentí que su actitud trataba de aliviar la tensión de sus clientes. Como resultado, los allí reunidos percibieron una versión filtrada de emociones. También, la real y honesta interpretación del manejo de situaciones con herramientas extremas. Comprendí que Miño estaba instruyendo que mientras la acción se desarrolla la persona observa paciencia y serenidad. Nada puede pasar podría ser truco de iniciación.

—¿No es esto, como en la ciencia del billar? —pregunté a Miño.

—Exacto y en ambas situaciones, un exceso de adrenalina interna es totalmente innecesario—continuaba Miño, mientras yo pensaba si todos conocían mi nuevo apodo, mis fichas pegadas al pecho.

—Esto no ayuda a decretar la jugada en su totalidad, ni en el lado de los jugadores ni en la presencia del oficial—añadió

Miño—y continuó—el árbitro se guía por la acción de la jugada, pausa y pide ver la bola antes de llamar por si la duda.

El resto yo lo sabía. La peor violación de los principios es cambiar una llamada de out a quieto, por causa de un jugador dejar caer la bola. Así no se venden llamadas. Y con esto y sus otras cualidades, Miño se había ganado la confianza de muchos. Esta noche, había vendido la llamada a media cuadra.

 La verdad es que Herminio Ledé no era otro miembro común y corriente de Voces Barreto. Esa noche—al saber de mi proyecto—aceptó darme una entrevista. Me enteré que había servido cinco años en la prisión de Stateville en Cresthill, Illinois por un crimen relativo al tráfico de drogas. Según él, fue un montaje por el Teniente Zito y el Secret Six—el ala antidroga de la policía de Chicago. Desde que vio la posibilidad de salir y reorganizar su vida, Miño puso prioridad en el encuentro con la libertad. Salir era sólo un problema nuevo sin solución inmediata, pero alcanzable. Tuvo una estadía segura y exitosa en la penitenciaría. Fue ágil en su transición, pero se preocupaba en asegurar un buen empleo. Su nuevo orden sin cerraduras traía muchas implicaciones de cambio en su vida y en la de los suyos. Esta no fue una transición como las que hizo antes, pero jamás tendría la experiencia de otra igual. El Programa de Reformados le ofreció mucha información y oportunidades de impacto en él y en su futura vida laboral.

Su tiempo en la prisión le había enseñado una inmensidad. La primera noche afuera, pasó poco tiempo con su familia. En lugar de eso, se pasó toda la noche pensando en una palabra que parece estar fuera del alcance de los ex-convictos—influencia. Reflexionaba en silencio como incorporarse a la sociedad. Si decidía regresar al mundo de las drogas, no habría ningún problema, pues conocía muchos traficantes. Pero la forma en que manejaría esta situación, probablemente sería la fundación para establecer su propio negocio, y así lo hizo. Montó su negocio de billar y obtuvo la licencia para vender licor. Luego descubrí que al igual que el Estado, Herminio estaba ayudando económicamente y moralmente a los ex-convictos con rehabilitación satisfactoria, a formar sus propios negocios.

* * *

Voces Barreto había estacionado sus mentes privilegiadas en el significado de los relatos que yo denominé como relatos de relatos. Situaciones que llegaron a mis oídos durante un lapso de vueltas y revueltas. Sus formas convincentes giraron mis anhelos de explorar los eventos de ayer y la oportunidad de participar en la mejora social del presente.

La situación de poseer talento en béisbol y asociarme con gente en este deporte fue como un regalo caído del cielo. La agenda de la época clamaba por la oportunidad de ser popular y aceptado por la corriente principal en la escuela. Corriente que les hablaba a los jóvenes sobre el análisis intuitivo de sus propias perspectivas ante la incertidumbre del destino. El entorno escolar era propenso a la cautela, por no saber quién era quién dentro de la corriente. Los colores de la ropa que usabas a diario parecían ser el dominio de tu personalidad y aspiraciones. Si expresabas tu posición intelectual sobre el estado social étnico, a veces ganabas popularidad y a veces te hundías en más incertidumbre. Si vestías en dorado y negro, por ejemplo, dabas a entender que preferías los Latin Kings. Me aseguré de estudiar sus modos. Eran la pandilla más numerosa en la escuela.

Los Latin Kings surgieron por primera vez en Chicago durante la década de los cuarenta cuando varios jóvenes puertorriqueños se organizaron en un club. Su objetivo era ayudar a los demás a superar los problemas del racismo y los prejuicios que los nuevos inmigrantes Boricuas estaban experimentando. Su lema era superar el racismo y formar una organización de Reyes para servir mejor a sí mismos y sus comunidades. A medida que el tiempo avanzaba, el grupo tomó una senda criminal. Sus miembros comenzaron a cometer delitos violentos como asesinatos, robos y venta de drogas.

* * *

No estaba dispuesto a coger prestadas las emociones simbólicas de grupos como este. El segundo verano había ido a Irving Park con el equipo varsity de béisbol. En el dugout, el coach y profesor de Educación Física, Richard Tomoleoni, me observó, explicando a otro jovencito del equipo de los novatos sobre mi acostumbrado agarre del mango del bate. Llegué a tercera base con un triple impulsador de dos carreras por haber regado una línea como un rayo, entre los jardineros central y derecho.

Coach Tom murmuró una frase al equipo y me dijo que íbamos a trabajar en el fundamental para anotar aquella carrera. Como era mi primer juego con el equipo grande, supe entonces, lo duro de aprender el béisbol correctamente. La palabra fundamental, en el librito del maestro Tomoleoni, era su vida. Quién sabe lo que le dijo al equipo, pero era claro que sus conocimientos y esfuerzos para moldear habilidades naturales fueron la clave en sus 736 victorias en el béisbol escolar de Chicago.

Coach Tom siempre hizo su tarea. Durante largas horas nos lanzaba práctica de bateo. Con su singular gancho zurdo, se paraba al frente de la lomita de los suspiros. No era como si Sandy Koufax estuviese lanzando, pero había que reaccionar rápido. El ejercicio era bueno para ganar velocidad en el abanico. Nos hacía reaccionar con menos tiempo para decidir; como lo hacen en las Grandes Ligas.

Para Coach Tomoleoni, su estrategia al ejecutar los fundamentos era primordial. Su registro contiene una cantidad enorme de carreras utilizando la bola chica; el juego rápido en las bases y aprovechando todo tipo de mañas. Los bateadores nos cambiábamos de derecho a zurdo en la caja de bateo cuando había un corredor en primera base. Era más duro para un receptor sacar al corredor en el robo de segunda con un zurdo al bate. Cuando teníamos corredores nuestros en primera y tercera y, si el primer saquista opuesto era zurdo, Coach Tom enviaba una jugada espectacular. Después del lanzamiento, el corredor de primera base se robaba la segunda base, pero sin intenciones de llegar. Luego se volvía hacia primera. Al preciso instante que el jugador defensivo en segunda base dejaba ir la pelota hacia primera, nuestro corredor en tercera se disparaba hacia el plato sin mirar atrás. El tiempo que tardaba la bola en llegar a primera, con el tiempo que el primer saquista zurdo giraba noventa grados a la derecha y tiraba al plato, era suficiente para anotar la carrera. Además, el tiro al plato tenía que ser perfecto. La práctica incesante de la jugada siempre garantizó un porcentaje alto a nuestro favor.

Durante un día de febrero, llegué al parque después de la quinta entrada a ver el equipo mayor jugar bajo un frío intenso. Nieve en la grama. La pizarra estaba en cero para ambos equipos. Coach Tomoleoni estaba muy enojado. Todos sus bateadores estaban abanicando para las verjas y eso desconcertaba los fundamentos que el director tanto enfatizaba. Dijo que sentaría al primero que hiciera swing hacia afuera. No lo acababa de decir cuando su primer bate, Marcos "Pee Wee" Mordecai conectaba un cuadrangular espantoso por todo lo largo del jardín central. Pee Wee hizo su corrida de bases, entró a la cueva, se puso su jacket amarillo de los Wildcats, los guantes, y se acurrucó en una esquina arropado de pies a cabeza con una manta. Coach Tom cumplió la disciplina que profesaba. Ese día los Wildcats ganaron sin Pee Wee el gladiador del jardín central, ambidiestro, y campeón bate en el banco. En la tabla: Whitney Young Dolphins 0, Tuley Wildcats 1.

* * *

Más tarde, cuando decidí jugar en la Liga Superior de Humboldt Park, la tensión dramática de las cosas se puso color de hormiga. Ahí los lanzadores tiraban humo. Vi a Benín Torres pegarle en la cabeza con un lanzamiento de noventa-y-pico a un bateador de los Apolos. Benín había sido expulsado de la finca de los Medias Blancas y parece que quería demostrar que su recta estaba intacta. Cuando le removieron el casco protector al muchacho inconsciente, estaba sangrando. Luego vino Fox a batear y le pegó un cuadrangular al primer lanzamiento. Mientras Fox corría las bases, se agarraba la bragadura y le decía a Benín:

—La próxima vez que le pegues a alguien más de los Apolos, te bajo de la lomita a gatitas.

El pecoso gigante de seis pies, cinco pulgadas, sólo se concretaba a sonreír maliciosamente y a esperar que el propio Fox regresara a la caja de bateo. Mientras, se escuchaba en las gradas un tocador 8-track a toda mecha con la canción: Fuego en el 23, de la Sonora Ponceña. En aquel Barrio, los amantes de la salsa siempre tenían un tema a la mano conforme a la situación.

Entre la metáfora de las aventuras agradables y las no tanto, en algunos miembros de Voces Barreto se ungía un destello de competitividad desenfrenada.

—¿Cómo sabes que el bolazo que cogió tu compañero fue intencional? —había preguntado Benín en voz alta a Fox mientras este se aproximaba a batear con las almohadillas llenas en su próximo turno.

—Cállate la boca elefante con afro colorau. Voy a dalte otro palo más asqueroso quel de horita. Pichea y prepárate pa la ducha (apuntando a la manguera detrás de tercera base). Debes haber recogido mucha leña en la finca. Por eso te botaron—dice Fox, reventando una carcajada que estremeció el lugar. El béisbol para entonces realzaba el carácter de hombres pensando jugar mejor que cuando muchachitos.

Unos segundos más tarde, Fox se revolcaba sobre el polvo seco al tratar de esquivar una recta a mil que casi le vuela el mentón.

—Levántate payaso, que sólo me bebí un trago. En lo que te peinas las pasas voy al dugout a darme media caneca pa que veas lo que es humo. La que sigue va al chicharrón de oreja que tienes—dice Benín frotándose el sudor sobre las pecas de la frente mientras el árbitro se dirige hacia él.

Me estremecía la manera efectiva y honesta que estos mulos ponían en su afán de competir. Los hechos e historias interesantes que sobrepasan la línea del pensamiento humano se nutrían entre esta manera. Otro día, yo estaba al bate ante Mongo, quien me había pasado dos lanzamientos por el grueso de la zona. Sólo vi el celaje. El ruido de la pelota cortando el aire era algo que sólo Einstein podría describir. En eso, escuché a un hombre de edad avanzada en las gradas:

—¡Esto es una estupidez! Un día un monstruo de estos va a matar un chamaquito de estos. ¿Quién rayos corre esta liga?

Hablando con las Voces descubrí que cuando uno se identifica con el pasado de otra persona hay que soportar algunos aspectos sensitivos del área donde vive esa persona. Sólo se requiere vivir unos días en Estados Unidos para ver cómo se bate el cobre allá, y aquí. Es abrumadoramente claro que los valores, los ideales, todas estas cosas están realmente moldeadas por el método estadounidense. Este método estadounidense también necesita ser perfeccionado. También descubrí que los eventos históricos se asemejan al sentido emergente de la distancia, sólo si se hacen decisiones sólidas. Si se admiten los errores y se pone el mejor esfuerzo hacia otros, en vez de agenda personal. A menos no fuese la parte sobre la supervivencia.

Hasta ahora, no convenía tomar decisiones cuestionables. Mi única decisión cuestionable era enfrentarme a estos bárbaros lanzadores. Pero era otra forma satisfactoria para no inspirar percepción de incompetencia o pérdida de neutralidad. Pensaba más a fondo como unir el proceso de la iniciación con el reportaje, por eso seguía el flujo de mis actividades preferidas.

Cuatro

En el mundo académico de los 1970s era necesario lograr orden, equilibrio y dedicación a la ocupación escogida. Dentro de estas palabras mágicas, Edgar era superior a los profesores que había conocido. Su cátedra en habilidades y trabas de la comunicación oral era soberbia. Le fascinaba el análisis y la práctica de formatos como el monólogo, el coloquio, el debate y la mesa redonda. En su salón sentía coquetear con lo siempre dinámico de la amistad, la atracción y las relaciones personales. Le fascinaba conectar lo histórico con la tendencia en la realidad.

—Veamos ahora cómo no caer en la trampa de las pandillas. Descubran si el tema guarda relación con los fundamentos que rigen al periodismo o con la carretera que ustedes han escogido— planteaba el Maestro Avilés a la clase y seguía instruyendo.

—¿Cómo les convence trabajar en beneficio de la comunidad para aliviar la violencia? ¿Y si se expresaran con el rol y la historia de los medios de comunicación? Qué tal separando el beneficio del conocimiento del gran resultado la propaganda opera en la sociedad. ¿Cómo ven y reacción a la cobertura de situaciones y acontecimientos entre los tráficos ilegales que permean cada estamento nacional? Qué pudiesen reportar sobre el racismo y la inequidad.

Y qué tal si la unión estadounidense obtuviese su estado número cincuenta-y-uno—hizo la última pregunta. Dando qué pensar, Betsy Brau exclamó, Puerto Rico.

–Bueno, se puede llenar un cuaderno con la posibilidad. Lo importante descansa en el punto crítico al formular propuestas. ¿Las singularidades para lograr el matrimonio feliz y en paz?

Por supuesto el debate produjo respuestas. Nos miramos unos a otros. Edgar me apuntó a una oreja con el dedo índice, la mirada firme en mis pupilas. Anexar la Zona del Canal, dije, pues era parte de mi informe de país.

Como periodista y maestro, a mi criterio, Edgar estaba interesado en saber cómo la gente se conectaba con los temas y su relación con nuestro entorno, distinto y diferente. Sabía de mi investigación sobre un rumor, sobre una reunión de gobiernos, pero pasaron algunas cosas no irreversibles.

Por tanto, siendo un rumor con posibilidad, y entonces observé estaba escuchando a medio pocillo, pues su herencia estaba relacionada al dilema central en la senda los países aseguran el poder.

Cuando comencé a inmiscuirme en el periodismo y los debates que acarrea, las preguntas del maestro las únicas agitando mi imaginación. Y no fue hasta mitad de semestre que Edgar, en otro debate comenzó a explicar en detalle las técnicas fundamentales de la argumentación. Inicialmente, iluminar el rol del reportero fue su intención. Según él, se trata de sintetizar algo de razonable importancia para la audiencia. Más tarde, cuando vio la naturaleza guerrera de la clase se adentró en dinámica nueva. Discutimos sobre corrupción, injusticia e ineptitudes. Entonces, descubrimos que la disociación entre la expresión pública de la tolerancia ya no aguantaba los perjuicios de la época. Estabas forzado al aprendizaje con manos a la obra. Forjando defensa contra todas las contrariedades. El público mide los valores y estándares por ensayo y error con pensamientos privados y abiertos. Para esto, Edgar había coordinado un plan excelente con ayuda de mentores para refinar las técnicas y metas del currículo. Parte del taller ocasional era discutir con expertos las ocurrencias en entornos con metas y reglas fijas.

—La selección de determinados temas y su mayor profundidad en el tratamiento del objeto o asunto que se aborda, cultiva la extensión de conocimiento—dice Edgar aludiendo que su meta es provocar actitudes mentales positivas.

En otras palabras, desarrollar habilidades especiales y crear fortaleza mental para extraer información. Por eso, Voces Barreto era el puente donde las líneas de la amistad o la hostilidad, inclusión o exclusión de grupos, amor u odio, se veían las caras. Basado en mis observaciones, conocía a fondo las identidades de los grupos y sus delineaciones de comportamiento. Sabía mi posición ante mis dos equipos de béisbol y mi clase, pero tenía una posición especial de rechazo para otros grupos. Daba gracias que las actitudes y prácticas de la comunidad a veces no se asemejaban al significado moral de mis modos. Había liderado la clase desde el primer día, a pesar de mis debilidades con el inglés. Superé lo del idioma escuchando temas populares de Joe Bataan como Ordinary Guy, I'll Be Sweeter Tomorrow, I'm No

Stranger, Johnny's No Good, I'm Satisfied, So Young, Too Young y Forever.

Con dieciocho años de edad y cinco pies con diez pulgadas de estatura, vestía casi siempre con mi gorra azul de los Tuley Wildcats. Usaba camisetas de color neutral o chaqueta del equipo para no herir o injuriar a otros chicos miembros de pandillas. Era un aberrado fanático y científico de las tarjetas, marca Topps, de béisbol. No el tipo de joven que se espera pasar su tiempo libre investigando rumores sobre el asesinato del Presidente Remón-Cantera, o cómo la Institución Canal y Ferrocarril aportó millones de dólares para crear miles de estructuras en Chicago y Nueva York.

—Realmente me ha sorprendido la claridad con que presentan su material y sobre todo lo valioso del contenido—dijo Edgar, durante uno de estos talleres ocasionales, mientras presentaba a Tito Brignoni como moderador invitado. Tito Brignoni era un sargento del Ejército, reclutador con oficina adyacente a Wicker Park, en el territorio de los Simon City Royals. Tenía el hábito de rumiar los pasillos de la Tuley tratando de alcanzar sus numeritos de reclutamiento, y ahora era más fácil, pues el conflicto de Vietnam llegaba a su fin. El título de su charla: Un Extraño en la Casa de la Igualdad.   Y Tito comenzó con un relato:

Durante el primer día de febrero de 1972, en reconocimiento a los afro-americanos, clase académica 72-1 en el Instituto de Relaciones Humanas del Departamento de Defensa ocurrió un evento que impactó a los estudiantes. El Coronel Henry Wiggins, Comandante del Instituto estaba preparándose para presentar a un orador. Era un hombre blanco, de aproximadamente cincuenta y cinco años de edad, vestido con camisa blanca y corbata azul marino. Su cabello era canoso y su piel muy bronceada, típica del área de la Costa Espacial donde descansan las ciudades y yacimientos de Cocoa, Melbourne, Cabo Kennedy, Cabo Cañaveral y Merrit Island. Mientras Wiggins barajaba sus hojas de papel en el orden correcto, el hombre habló en una forma muy despectiva desde su silla.

—Coronel, no se preocupe por la introducción. Voy a ser breve esta mañana. La manera en que esta multitud ha entrado a este edificio es un bajo y barato irrespeto a los principios de disciplina militar que conocemos desde la independencia de este país—y continuó ante la atónita audiencia.

—Coronel, me imagino que le quedan varias semanas para adoctrinar cierto nivel de respeto a esta gente.

En su acostumbrada manera pausada, Wiggins se disculpó al hombre. Luego dirige su atención a la Clase 72-1.

—Le pido a mi director de entrenamiento, a los instructores y, especialmente, a los estudiantes que tomen acción inmediata para corregir estas deficiencias. Es política de esta institución, impartir el mejor entrenamiento posible en cuestiones de relaciones humanas, para que nuestros egresados sirvan en el importantísimo rol como Asesores de Igualdad de Oportunidades—decía Wiggins, mientras su mirada penetraba las pupilas de los cien estudiantes allí reunidos.

Y continuó el Comandante, con el jalón de orejas—a través de este currículo, nos comprometemos a proveer ayuda desinteresada y responsable en relaciones humanas, a los comandantes de campo, en el ancho espectro de las fuerzas armadas. Hagamos auto-evaluación. Nuestras brigadas, escuadrones y grupos de batalla dependen de sus habilidades técnicas en relaciones humanas, para proveer asesoramiento consistente. No podríamos hacerlo si no somos capaces de evaluar nuestro propio comportamiento. Por favor, consideren la evaluación de esas cosas que día tras día bloquean su rendimiento—Wiggins pausó, tomó un trago de agua y continuó.

—Lo que ustedes obtengan aquí es inútil, si no consideran la motivación y conducta como sus mejores aliados, para sus expectativas como asesores. Ahora... continuemos con la charla.

La audiencia había permanecido en silencio. Los cien miembros de la Clase 72-1 estaban sentados en filas perfectamente alineadas—seis en la izquierda y ocho en la derecha, con una pasarela en el centro. Los pupilos fijaban sus ojos hacia el podio, sin un pestañeo. Sus cabezas, manos, brazos y pies estaban inertes, sin el más mínimo movimiento. El cuerpo rígido, como momias de antaño. Veintiséis instructores y personal del departamento académico estaban posicionados en la parte posterior del auditorio—algunos parados y otros sentados. La uniformidad era la orden del día. Sin embargo, los estudiantes se sentían hostigados. No habían pasado ni cinco minutos, pero lucía como una temporada de reflexión. Muchos se preguntaban a sí mismos, quién había violado las normas al entrar al edificio.

El orador invitado se levantó de su silla y se puso al frente del podio.

—¿A quién le interesa saber si somos verdes, rojos o naranjas?

—¿No se les ocurre que las tales celebraciones de las minorías—preguntó, acentuando con sarcasmo—son una distracción para el oficio y la misión del servicio militar?

—Sólo sé que cuando serví en Vietnam, estaba cansado de ver a negros e hispanos tratando de organizar grupos de selva, racialmente segregados. No les podías hablar, a menos que les compraras marihuana. Los soldados blancos preferíamos ir a patrullar solos en las noches, ya que esta gente usualmente estaba drogada y no confiábamos en sus actitudes negligentes.

De repente, un sargento del ejército se paró de su puesto y habló.

—Soy el Sargento Tito Brignoni. El mismo Tito de ahora. ¿Discúlpeme señor? En mis diecisiete años de servicio es la primera vez que oigo un veterano pisoteando con la lengua la labor honorable de los negros y los hispanos.

La uniformidad había descansado. Las cabezas rodaron hacia Tito. El orador permaneció mudo. Por alguna razón, era hora del cobro. Para el que había roto las normas de la clase, ya no era importante. Las anteriores observaciones del Coronel Wiggins habían sido puntuales; pero para la clase indoctrinada, hacía la controversia—un nuevo marco de pensamiento entraba en vigor.

—Si tú crees que estamos tan locos para escuchar tus sarcasmos—Tito continuó, y ahora hasta lo tuteaba—creo que es mejor oír sobre tu biografía, para escuchar quién realmente eres. Vamos a verificar si en realidad serviste en Vietnam, como reclamas.

—OK, vamos a conocernos mejor—replicó el hombre con tono pausado—tu apellido es Brignoni y, si no me equivoco, es italiano. ¿Correcto?

—Bingo, pero mi familia tiene sangre de indio Taíno, de Puerto Rico.

—Puedo reconocer en tu acento, una legua. Ustedes, muchachos boricuas, se han ganado su reputación.

Antes de que Tito pudiese continuar, otra estudiante se levantó abruptamente.

—Soy Petty Officer Trina Wallace, de la Marina, y de ascendencia afro-americana, y pienso que no entiende por qué estamos hoy aquí—dijo la negrita sin tutearlo, pero con fuego en los ojos.

El orador fue rápido en interrumpir—vamos a traer otro elemento frustrante a nuestras capacidades de guerra. Ponemos un montón de mujeres bonitas como tú en un bote y la mar se vuelve un infierno de hormonas. Las fuerzas armadas necesitan analizar este pequeño experimento. Estamos desviando nuestra verdadera capacidad de combatir, hacia la función de tener que proteger a las mujeres en combate. Junto con otros factores discutidos, y militarmente hablando, sabemos que las mujeres erosionan la cohesión de grupo. No vamos a lucir bonito en nuestro próximo conflicto bélico.

El ambiente se hizo más y más irritado y difícil, como respuesta al trato que los estudiantes habían recibido de este extraño. El hombre clamó obscenidades e insultos a los que se atrevieron a retar su discurso. Tildó de racistas a los estudiantes de minorías. Colgó en la categoría de prostitutas, a las mujeres. Aunque el hombre abordó a los estudiantes blancos en un tono conservador y útil, muchos de ellos expresaron su total desaprobación, por la falta de respeto a sus compañeros. No era consistente a los valores y actitudes generales de aquéllos en uniforme. El Comandante intervino una media docena de veces tratando de calmar a la airada audiencia. El personal docente observaba y tomaba notas de cada intercambio verbal, gestos, ademanes y comportamiento individual. No parecía una experiencia ocasional. En un momento dado, había diez o quince estudiantes de pie, intercambiando opiniones fuertes y desagradables con el orador. Muchos esperaban su turno para hablar. El aire se estaba poniendo vicioso. Pequeños grupos de estudiantes habían intercambiado sus asientos, y algunos se sentaban en sus chaquetas; otros se arrancaron las corbatas. La clase estaba hecha una mordaza, implacable ante la sombra de una disciplina que se había ido de vacaciones.

Veinticinco minutos atrás, la clase había entrado al auditorio. Ahora, el Comandante ordenaba a la escolta del orador invitado salir del edificio, a través de una puerta detrás del podio, para mejor seguridad. Entonces, ordenó que los estudiantes asumieran sus respectivos asientos, que se pusieran sus uniformes y se mantuvieran en silencio, hasta conferir con el orador en privado. Aseguró a la clase que haría lo posible para indagar el asunto, a fondo. Debía extraer la razón de la caída del evento. Poco después, Wiggins regresó al auditorio y anunció que el orador quería disculparse. Inicialmente, algunos estudiantes no estaban dispuestos a permitirlo. Simplemente, habían escuchado lo suficiente. Pero las opiniones eran mixtas. El Comandante dijo que lo mejor era enviar a los estudiantes al otro edificio, para conferir con sus moderadores de grupos pequeños. El entorno de catorce estudiantes y dos moderadores era el mejor terreno para ventilar la situación.

Algunos de estos salones eran monitoreados a través de unos vidrios que simulaban ser sólo espejos, para los de adentro. Al otro lado, hasta se tomaban videos con fines académicos para el instituto, y quién sabe para qué otros experimentos cognitivos de la época. Por ende, los grupos rotaban de salón diariamente, para obtener un amplio conocimiento de cada estudiante y la dinámica de grupo.

El Grupo-Seis, el de Brignoni, tomó el premio como el mejor de la clase 72-1. Este honor se le confería a la sección que acumulara el más alto promedio de puntaje académico y mejor manejo de resolución de problemas. El grupo se componía de doce militares del Ejército, uno de la Fuerza Aérea y otro de la Marina. De estos, seis eran blancos, cinco eran negros y tres latinos. La sección tenía dos mujeres y era moderada por un capitán blanco del Ejército y un suboficial de descendencia nativo-americana de la Marina.

El grupo se sentaba en forma ovalada, con los moderadores en los márgenes extremos para asegurar que todos se vieran a los ojos. Los temperamentos aún estaban alzados. Los instructores taladraron sus mentes con preguntas duras y provocativas, utilizando sus notas del auditorio. Algunos miembros del grupo lloraron de rabia, incapaces de contener sus sentimientos. Otros arrojaron sus opiniones a su antojo, pero algunos pensaban que había sido un montaje; parte de la naturaleza académica en relaciones humanas. Estos últimos consideraban que el incidente fue planeado por etapas, para evaluar las emociones individuales y colectivas. Los moderadores coincidían que todos los presentes en el auditorio debieron haber retado al orador. Los callados no hicieron su trabajo. Una vez que las barreras a la comunicación sobre el incidente se rompieron, el grupo comenzó a interpretar la dinámica del misterioso orador. Fueron capaces de examinar lo que les había sucedido y su razón de reaccionar de manera hostil y desorganizada. Asistido por los instructores, el grupo concluyó que en el ambiente hubo señales de miedo a lo desconocido. La hostilidad y la evasión se inmiscuyeron entre una multitud frustrada.

Después de veinticinco minutos de debate, la clase volvió a sus asientos en el auditorio. El forastero regresó, se presentó a la audiencia como el Señor Walter Kemp, y ofreció una disculpa formal a la clase.

—Soy blanco, mis padres son negros, mi esposa negra, mis hijos negros, soy americano, soy veterano... y muy orgulloso de todo lo que soy y lo que tengo.

El extraño fue más allá, al dar una presentación con fotos gigantes de su familia y de algunas de sus experiencias en Vietnam. Había nacido blanco, en Sudáfrica. Sus padres biológicos murieron en un accidente aéreo mientras regresaban a casa de vacaciones en Budapest. Una joven pareja de raza negra lo adoptó a la tierna edad de dos, y lo criaron junto a sus otras tres hijas. A los doce años, la familia emigró hacia Boston donde obtuvo educación universitaria en Boston College y la ciudadanía estadounidense. Regresó a Sudáfrica y se casó con una hermosa chica negra. Tuvieron cinco hijos.

Sobre su experiencia en Vietnam, Kemp narró que fue teniente de un pelotón de infantería llamado a tomar y retener una colina, después de seis días de batalla con el enemigo. Su sargento de pelotón y compañero fue Frank Quiñónez, un negrito puertorriqueño de Brooklyn, quien antes había servido un año en Vietnam, con la Novena División de Infantería. Frank terminó su contrato militar y regresó a Brooklyn. Pasado un tiempo se sintió aburrido; le hacía falta el trajín militar. Decidió hacerse voluntario, y pidió ir a Vietnam con la División 101 Aerotransportada.

Kemp relató que, en el momento de su aterrizaje en helicóptero sobre la Colina 937, el fuerte olor a carne humana putrefacta congeló sus instintos dentro del helicóptero y no podía pensar claramente. El pelotón había salido de los helicópteros y el jefe de la tripulación le gritaba a Kemp que saliera también, que el pájaro debía despegar. Quiñónez se devolvió al interior del helicóptero, le agarró por el cinturón y lo arrastró al campo de la batalla. Ya en tierra, Kemp pudo recobrar sus habilidades y, mientras ambos dirigían el establecimiento del perímetro defensivo, el comandante del batallón llamó a Kemp.

—Walter, el Capitán Roy Chambers de la Compañía Charlie, acaba de morir. Necesito que asumas el comando allá.

—Frank, tus soldados están en buenas manos, sabes cuidarlos— dijo Kemp antes de partir en otro helicóptero.

Frank Quiñónez mantuvo altamente motivado a su pelotón, mientras que el enemigo les lanzaba ráfagas de morteros y artillería, a través de la oscuridad del aislado pico. Habían hecho lo mismo por días, con mucho éxito. Recogieron un gran número de cadáveres y los metieron en bolsas para ser trasladados. El enemigo había usado la colina como carnada por diez días. Compañía que llegaba, compañía masacrada. Mientras que Frank se movía en la oscuridad dirigiendo los soldados, tropezó y cayó en una trinchera y encontró a otro sargento con rango superior a él. El sargento estaba atrincherado junto a un soldado con un radio y otro con una ametralladora M-60. Parecían tener miedo, por lo que Frank le aconsejó al sargento a salir y hacerse cargo de la situación.

El pelotón fue capaz de mantener el perímetro durante cuatro días hasta que el enemigo abandonó la zona. El comandante de la división bajó en helicóptero y entregó una medalla Estrella de Plata, al sargento que Frank sacó del hoyo. Kemp le dijo a Frank que el General sólo estaba buscando al hombre con más rango para condecorarlo. Todo el mundo sabía que Quiñónez era quien debió recibir la medalla.

Walter Kemp confesó a la Clase 72-1 que estaba muy satisfecho con el rendimiento de las minorías y mujeres, ante las dificultades del servicio militar, a pesar de que Quiñónez nunca fue reconocido por sus acciones en la Colina 937. Desde entonces, había dedicado su vida a presentar estos escenarios a los demás. Para que conozcan cómo los individuos, grupos y organizaciones exhiben comportamientos de esta naturaleza.

* * *

—Bueno muchachos, Tito Brignoni vende oportunidades de crecimiento y le debemos mucho—dijo Edgar, al despedir a Tito y
continuó—Realmente me ha sorprendido la claridad con que presentan su material y, sobre todo, lo valioso del contenido. En lo
personal, me ha sido de una ayuda incalculable. Y qué decir a
nivel de mi familia y colaboradores. Al involucrarlos en el proceso de establecer metas académicas, nos ha permitido tener
más claro hacia dónde vamos y cómo vamos.

Sonó el timbre y salí de prisa. En el estacionamiento me esperaba Gloria Mónica Bazán.

urante dos años Emma vivió en Hawaii con Edgar. Escarlata la tanqueta para bajar la loma de Mililani y aterrizar en el PX de Pearl Harbor. Con motivos de establecer su propio negocio y para pasar más tiempo con su pequeño, dejó el trabajo en el Hospital Tripler. Se mudó a una casa más cómoda en Wheeler Army Airfield—la base aérea bombardeada por los japoneses durante el Día de Infamia, en 1942. Ya que Wheeler estaba situada adyacente a Schofield Barracks— hogar de la División Veinticinco de Infantería del Ejército decidió montar una guardería para niños en edades relativas a la de Edgar. En la clínica de psicología en Schofield Barracks había conocido a Millie Zakata—una chica hawaiana, inteligente, excelente sicóloga, pero con un problema sentimental con el que ella necesitaría ayuda. Las dos llegaron a ser como uña y carne y llegaron a comprenderse como almas de una misma cepa. Una mañana, mientras caminaban y conversaban alrededor de la cerca de seguridad, dentro del perímetro de la base, Millie lucía maltratada.

—Estás apagada, cariño. Y si no averiguo ahora mismo lo que te pasa, hoy no vas conmigo a dar tutorías en la secundaria de Wahiawa— La high school estaba situada en el centro de la pequeña y calmada ciudad de Wahiawa, contigua a la instalación militar y dónde los profesores remendaban los libros con hilo y aguja.

—Es Kelvin Kahué...no sé qué tengo que hacer para que se fije en mí.

—Ah, el capitancito de Guam... ¿Qué se fije en tí? ¿No crees que tengas suficientes encantos para conquistarlo? Necesitas sentarte a hablar con él sobre eso. Sólo ponte a ver el estado de hormonas de estos papichulos que vienen por aquí—dice Emma apuntando con el dedo índice a una formación militar que cantaba las trovas de la cadencia, Rollin—rollin—rollin, el himno del Army:

Oh my feet are swollen
Don't let your dingle dangle dangle in the mud
Pick up your dingle dangle, give it to your bud

Eso es así. Los chulitos casi se tropiezan ante la mirada agria y las maldiciones de su sargento, por la distracción. La canción se trataba sobre algo que cuelga suelto que se sacude hacia atrás y hacia adelante. El soldado lo mete en el lodo, en su camisa, lo restriega sobre la pista de correr y hasta lo mete en la mochila. Bastante expresiva y atrevida la cancioncita por su doble-sentido. Pero nada sacaba a Millie de su letargo.

—¡Qué bonito, niña! Ahora me toca sanar a la sicóloga más eficiente en Hawaii.

Y Millie rompió a carcajadas entre un río de lágrimas. Pero al parecer, Emma tenía la solución en las manos de Parsi Brazeti, el sargento-primero boricua y compañero de Kelvin Kahué en la compañía que ambos lideraban, en misión del apoyo médico a la Veinticinco de Infantería.

Pero Millie no era la única joven de belleza exuberante que sufría por un amor de lejos o con problemas casi irreparables. Emma había recibido un telegrama desde Panamá. Como el trabajo de Manrique permanecía clasificado, Emma sólo se concretaba a sonreír al ver que la mayoría de los mensajes por telegrama originaban de lugares como Guanche, Portobelo, Nombre de Dios, Fort Sherman y Escobal. Durante el tiempo que estuvo fuera, Manrique se interesó en mantenerse en contacto por telegrama por medio de tres tíos y nueve sobrinos en Cativá, Sabanitas y Pilón. Si la misiva no llegaba electrónica, semanalmente la 82 aerotransportada ponía mochilas en la zona de paracaidismo Venado.

* * *

Esta noche en el Hotel Ritz, a pesar de que estaba de vuelta en Panamá, quería escribir una carta para enviar a Hawaii, no específicamente a Schofield Barracks, sino a altos contactos en Kunía, adjacente a Schofield Barracks. Para Emma desde Curundu Junior High School su escritura no presentaba la plasticidad y la inmediatez de la comunicación oral. Sentía que carecía de rapidez, flexibilidad e interactividad. No fue hasta que Oliver Giner, su pai, oficial en el Marine Corps le envió una carta desde Galeta Island. En ella le pedía escribir algo extremadamente importante, y a nivel. Con esfuerzo superior al hablar.

Emma era de las jovencitas que procuran tener tiempo para aprender todo lo que hay que aprender. Actuando como una damita intelectual antes de su tiempo pensó que Oliver se refería a que la escritura requiere de una concentración mayor para la organización del mensaje. Emma se dio cuenta que los matices expresivos militares no se asemejan a los de un estudiante de séptimo grado. Sin embargo, lo que esta noche debía escribir no era algo banal, sencillo, o cómo fue que Parsi Brazeti, como sargento primero era suficiente tiguerazo para aconsejar a Kahue arrodillarse ante Millie.

Habiendo experimentado las separaciones devastadoras—en ocasiones por años—infligidas por el servicio militar en su familia, podía retrasar la gratificación de verificar la noticia insólita que había leído.

Emma Natalie Giner-Avilés era como el espejo de la identidad zonian. Nació en el Hospital Ancón, tuvo un gran pediatra, mucho cariño de parte del personal del hospital, un perro Beagle y luego un Roaster Pick-up de color azul (blue bell) para manejar paralela a los lentos vagones del Ferrocarril Interoceánico. Se educó en Fort Clayton Elementary y Curundú antes de trasladarse a Coiner High School en la costa Atlántica.

Poseyendo un carisma innato para mantener un sistema de justicia que garantizara los derechos y la calidad de vida de la gente en la Zona, odiaba la corrupción desde lo profundo de sus entrañas. Al comienzo, Emma aceptó un empleo fácil en la oficina ejecutiva de la Comisión del Canal. Tenía un deseo extraordinario de cambiar el entorno caótico que los trabajadores del Rol de Plata habían enfrentado. Allí, también aprendió sobre el abuso de privilegios ofertados al Rol de Oro, y su descripción de deberes laborales la ponía en posición perfecta para verificar las diferencias de salarios y condiciones de empleo. Siendo una de las estudiantes más brillantes en Coiner High, se encaramó en la jerarquía del sistema educativo zoneíta con calificaciones excelentes en todos los niveles. Siendo hija única del jamaiquino Oliver Giner, quien fue piloto de botes en el Canal, Emma estaba bien familiarizada con los problemas laborales del Rol de Plata. Tan pronto se graduó de la escuela secundaria, rehusó una beca para estudiar ciencias políticas en George Washington University. Decidió quedarse en casa y se matriculó en la Facultad de Derecho de la Universidad de Panamá. Como era de esperarse, se graduó de primera en su clase. Su tesis sobre el rol del derecho corporativo en el planeamiento de viviendas para la Zona del Canal impresionó a muchas figuras gubernamentales en ambos lados de las históricas fronteras.

* * *

Emma fue directa en explicarme que el motivo principal de su papel universitario coincidió en proveer una profunda crítica a la prepotencia de la Sociedad Perfecta—el Rol de Oro. Era perfecta en su influencia política, jurídica y económica dentro de la

Zona. Pero su crítica traspasaba las fronteras, ya que el Tratado General de 1936 incrementaba la renta por el uso de la Zona, de 250-mil a 430-mil balboas; y hasta ahora no se sabía en qué el gobierno panameño invertía ese dinero. Con este atrevimiento audaz, Emma se ganó el respeto de los estudiantes panameños y hasta le ofrecieron correr por la presidencia, del Frente Patriótico de la Juventud. Como era de esperarse, declinó por no estar de acuerdo con algunas características en la ideología del Frente. Pero, sus recomendaciones en el controversial tema de las viviendas para el Rol de Plata, fueron implementadas. La Comisión del Canal de Panamá le aseguró una remuneración jugosa y una oportunidad de manejar sus propias iniciativas de viviendas dentro de la franja canalera y en Río Hato.

Apenas había Emma ojeado la noticia en el Panama Canal Spillway y, mientras se preparaba a redactar el plan de investigación, el teléfono suena. Era la voz de un compañero de oficina. Le pedía preparar una charla para el próximo día, durante una conferencia en el Panama Canal Community College. Emma sacó una hoja de papel de la gaveta de la mesita de noche, tomó unas notas y descolgó el teléfono. A juzgar por la expresión de Emma al relatar esta parte, supe que a los apaga-fuegos se le otorga un nivel de confianza que otros sólo ven en sus sueños. Los últimos carecen de alguna habilidad o don personal que los priva de obtener dicha confianza.

—Elmer, dame un ejemplo propio de cómo los eventos simples nos llevan a la compilación de información amplia sobre el perfil de una persona.

Sentí que este cambio de enfoque de Emma hacia mí era para mantenerme en la pista de algo que ella tuvo que decidir muchos años atrás. Emma estaba jugando con el tiempo. O quizás debió analizar el perfil de otra persona en aquella época, pero supuse que no lo hizo porque somos imperfectos e incompletos. ¿No era esto lo que Vic Power intentaba al dejar caer la pelota a propósito? ¿Y cómo Walter Kemp manejó el factor tiempo para llegar al perfil de Frank Quiñónez? ¿Y cómo los garabatos de anoche me dicen que Piraña es también imperfecto e incompleto?

Estas preguntas le daban tiempo al tiempo hasta que mis neuronas crearan un proceso de compilación sobre mi perfil propio, y de otras personas, en caso que fuera esto, lo que ella buscaba.

—Y qué bueno es tener la oportunidad de discutir remembranzas sobre el gran deporte del béisbol—le dije confiado en que iba a indagar dentro de este tema.

—Facilito y directo—Emma aprueba con un gesto de cabeza autoritario.

Como actividad donde las decisiones individuales y en equipo son relampagueantes, el béisbol introduce sus fundamentos para exprimir lo mejor de cada jugador hacia la victoria. Es un deporte basado en la agilidad, coordinación, fuerza y cacareo, verbal y simbólico, para competir. Como el cacareo simbólico en mi dilema con Gloria Mónica Bazán. Pero aún no comenzaba a descifrar dicha relación, y quién sabe, quizás la pelota no era el tema preciso. Sino que debía contestar a Emma cómo este revolú de sentimientos alrededor de Gloria Mónica Bazán sólo frotaba la superficie de su bella piel. Por mi timidez, era más fácil

la idea relámpago sobre el talento individual en el juego de pelota. Podía manejar el tema bien, pues había desarrollado mis
habilidades en diversos grados de experiencia, desde la bola de
trapo hasta las ligas de adultos.

—¿Es esto lo suficientemente simple para crear información ancha? —pregunto, mientras pienso si Gloria Mónica Bazán algún
día me perdonaría por no seguir su línea. Pero Emma sabía mucho de ella. Inclusive, había ido a muchos lugares con ella.

—Más amplia no puede ser—dice Emma.

Sigo visualizando y explicando lo comparable de mis competen-
cias a las de mis compañeros de la niñez—suponiendo que la
iniciación en Voces requiere pensar en relámpagos.

—Cuando jugaban el cuadro interior, todavía veo sus formas
acostumbradas de fildear roletas. Visualizo como leían la trayectoria de la bola, qué tipo de posición asumían para el tiro y
la fuerza de sus brazos.

Es a través de esta ventana de habilidades que explico cómo
visualizo aquellos expertos en el salto de cuervo y otros que
barrían el terreno como un camaleón antes de tirar.

—Todos poseíamos el don de aplicar nuestros propios estilos
para enseñar elegancia y contribuir al esfuerzo en equipo. Éramos lo suficientemente humildes para invitar el cambio en nuestras vidas, confiados en nuestras habilidades naturales, sin
reparar la hora o lugar.

Me refería a que, desde una temprana edad, mis compañeros y yo desplegamos el poder de la disciplina para aplicar los fundamentos y disfrutar la pasión del pasatiempo nacional. Mientras trabajábamos centrados en nuestras fortalezas, las debilidades nos recordaban lo difícil del camino hacia el éxito.

—Igual a la celebración de un experimento con el juego de ganados y perdidos, en este experimento existen estrategias. Las estrategias de vida que abren el regalo personal de la espontaneidad y la equidad.

—Brillante, muy original—dice la nueva abuelita añadiendo—Y así, en las estrategias de la vida, la espontaneidad es sinónima al dicho que expresa que la práctica hace la perfección.

La realidad fue que mis compañeros y yo comenzamos con bolas de trapo. Aunque a veces, sutilmente adquiríamos frutas plásticas decorativas de nuestras casas. Las manzanas y naranjas eran buenas para lanzar, y se les pegaba duro sin que se quebraran. Así fue que refiné la agilidad y mi estado de conciencia. ¡Ay que dolor! Tía Polita pegaba duro con la escoba cuando yo tomaba sus frutas plásticas. En esa parte, siempre fui un idiota en mecánicas de evasión. No importa lo ágil que fuera al salir de su alcance, siempre se vengaba. Durante la emoción de la agonía y la derrota, tuve mentores centrados en los principios.

—Tía Polita fue dura, pero consistente en lo justa—le digo buscando consolación.

—Sé a lo que te refieres, Sereno. A veces hay que limpiar nuestros relojes.

Un tono juguetón había regresado a su conversación. Y no era mentira que Emma sabía manejar cualquier tarea que requiriera fortaleza y motivación. Hasta me estaba contagiando su dominio del poder en el pensamiento crítico. Era persistente y experimental. Su creencia en el oficio se basaba en ser autónoma y prefería no ser coaccionada o intimidada en aventuras. Por lo menos, eso entendí sobre sus experiencias. Su fuerza era la ejecución, producto de su experiencia ensamblando estudios de casos públicos.

Me dijo que, al día siguiente después de haber trabajado mucho esa noche en su habitación del Hotel Kelly Ritz, ordenó un taxi temprano en la mañana. Cuando el taxi se detuvo en la media rotonda del Panama Canal Community College, en La Boca, casi ni se despierta. El conductor se bajó, abrió la puerta y la ayudó con su maletín.

—Oye nene, no ves que llevo muchos paquetes, ayúdame hasta allá adentro. ¿Quién es la agraciada? —pregunta con una larga carcajada al muchacho taxista, quien ya estaba rojo como un tomate ante una muchedumbre de estudiantes en los pasillos.

En verdad, Emma era muy atractiva y jovial. La realidad de sus acciones movía a otros a actuar a su propia manera. Casi siempre, su personalidad servía de motor para cambiar cualquier momento de incertidumbre hacia la claridad. Su vida de casada con un militar fue un proceso con demasiadas expectativas y siempre se esmeró en hacer todo mejor.

—Damas y caballeros, buen día, y no crean que los ignoro. Espero que esto no se convierta en un mal hábito, pero mi estado de ánimo no me permite explicarles todo esto—dice a un grupo de adultos mayores, que tenían mucho porte de espías. Supuestamente eran intelectuales del Ivy League en busca de reportes diplomáticos para sus doctorados.

—¡Oh my God, darling! ¡Que interesantes lucen... papacitos, en mantener secretos! Ja, ja, ja, ja—exclama Emma y sigue fregando la paciencia— ¡Keep my secret, baby... keep it!

Entonces compone su presencia hacia lo serio y expresa:

—Después de todo, creo que poseen suficiente corteza craneal para que me quede aquí aburriendolos—habla mientras pone varios folletos sobre un escritorio, y les muele el remordimiento con una expresión bastante dominante y sarcástica, al preguntar:

—¿Sabían que las elecciones de 1952 fueron escandalosas y fraudulentas, donde los muertos votaron? ¿Y cuántos saben que el Presidente Remón-Cantera fue el primer policía en el poder? ¿Comprenden la implicación? En Fort Meade, Maryland enseñan un poco de diplomacia, hasta en sus códigos secretos favoritos. Están adorables... pero se me acabó el tiempo... cookies —y sale corriendo por el pasillo, vociferando más cosas dulces a los atónitos visitantes y estudiantes del colegio.

—Oye, amorcito... ¿Te vas a ir sin mí? ¿O es que la jeva te quiere ver ya? —grita al taxista mientras éste se preparaba a irse a trabajar o quizás a qué diablos. El hombre la espera sonriente y moviendo la cabeza, como si quisiera decirle que está más loca que una cabra.

Pero esta vez, Emma no durmió. El taxista se las había ingeniado. La radio tocaba la rica melodía: Componte Cundunga, de Joe Cuba en la singular y élite voz de Tito Rodríguez.

* * *

Emma me cuenta que los procesos para mejorar se hacen en equipo. Los colegas influyen en las tareas, aunque no tenemos el mismo nivel de conocimiento que tiene un equipo.

En la historia de las migajas y limosnas entre Estados Unidos y Panamá, existían poderosos estamentos financieros. A pesar de que ahora Washington pagaba un millón-930 mil dólares—desde 1955—por el uso de la Zona, se rumoraba que entre 1916 y 1940, el Canal y el Ferrocarril traspasaron más de diez mil millones de dólares en oro, a favor de la construcción en Chicago y Nueva York. El Rol de Oro sabía ejecutar estas transacciones. Para eso debían desviar la atención del pueblo panameño, en otros asuntos, tales como la lucha del Rol de Plata por mejores viviendas, salarios y servicios de salud o, de vez en cuando, una piña con las mangueras de doberman a los estudiantes de la Universidad Nacional.

—Todo se relaciona, aunque a clara vista no se perciba, pero evaluando continuamente, vemos las metidas de patas—me dice Emma para evitar que me duerma.

Emma fue la primera en desentrañar el rumor que había leído en el Canal Spillway. Algunos congresistas e inversionistas privados pretendían anexar la Zona del Canal a la Unión norteamericana. Esto debería pasar justo después que Alaska y Hawai se anexaron. Pero para el éxito de un proyecto de esta magnitud, hay que imaginar y manifestar cómo y por qué ambas culturas chocaron cuando el rumor se esparció. Algunos en el lado panameño tomaron la iniciativa para evitar el anexo. Utilizando la excusa de no gustar de la oligarquía gobernante, los intelectuales y estudiantes tomaron la rienda. Los disturbios comenzaron en 1957 y el rumor se esfumó. El Tratado de Mutuo Entendimiento y Cooperación de 1955 (Remón-Eisenhower) permitió a Emma ejecutar su visión de viviendas en Río Hato y Playa de Farallón, como lo había pronosticado en su tesis universitaria.

—En agosto de 1970—como otro ejemplo de casos y cosas—Omar Torrijos se rehusó a renovar el convenio y pidió la devolución de todas las estructuras en Río Hato y Farallón. El Cuerpo de Ingenieros del Departamento de Guerra extrajo las tuberías, los cables eléctricos y le entregó lo que pidió—las estructuras. Así, arrastré a mi nuevo marido y me lo traje a Chicago para que no pensaran que fue mi idea—dice Emma con una sonrisa burlesca.

Pero eso no era todo. Emma me advirtió que probablemente, muchos panameños no se enterarían de este evento, quizás hasta por cuarenta años. Y me encargó de divulgar la noticia, pero a su debido tiempo y con matices de simbolismo. Con esto, sabía que estaba destinado a visitar Panamá algún día, y me fui al Capicú ponderando que Gloria Mónica Bazán fuera conmigo. Ahora quería saber quien era mi nuevo abuelito.

Seis

Era una tarde fría en octubre. Estaba muy cerca de la guarida de los Unknowns, en la Schiller. Sixto Betances, Midnite y yo jugábamos softbol a mano pelada en el patio de la escuela Albert Sabin. En eso, sale Tomcat a la acera, tosiendo y escupiendo. Tenía una bola de tabaco en la boca. Mascaba desde los doce, mientras su padre, Alipio Arroyo estaba por fuera en Vietnam.

—Viejo... ¿Por qué Raco no ha arreglao la mesa e billal?—pregunta el hijo desde afuera, mientras Alipio se recuesta sobre un mostrador.

— ¿Para qué? Me importa poco esa vieja tabla con trapos verdes. Además, tú y tus amigos pendejos vienen a emborracharse aquí y usan la friquiá mesa pa jodel con las novias. Excuse my French, asshole. ¡Toy cansau de la misma jodienda!

—¡Ayayay! ¡Alguien no está contento! –dice Midnite con su español entrecortado.

En eso, Tomcat mira hacia nosotros y pregunta—¿Vino Jíbaro hoy por aquí?

—Esa es otra cosa que me tiene colmau. Jíbaro tiene que sabel que estabas por el Association House. Y como piensas que soy el mensajero del diablo—mira a vel como te cai ehta. Hoy llamó Mercedes, la mai de Hands, dijo que anoche Baldorioty Reyes fue a buscar su pistola lugger y, por accidente, le metió un tiro a la mesa del comedor. Mercedes está bien brava con Hands y Jíbaro. No quiere más armas en su casa. Quién sabe de dónde vino esa pistola. Ustedes no aprenden. Baldorioty es un frega'o sicario... y no sé por qué aún está libre, si todos saben que está fuga'o de la penitenciaría de Río Piedras. Sí, del Oso Blanco, mama'o, y pa' ya te van a mandal si no te avispas.

En efecto, Alipio Arroyo no necesitaba vivir así. Hace una semana, Gaspar, el padre de Sixto, le comentó que los Spanish Lords estaban enojados con Tomcat por tratar de meter a su hijo en los Unknowns. Sixto ya prácticamente era parte de los Spanish Lords, y esta vez el asunto no se iba a aclarar en la cancha de baloncesto.

—Tú deja a Sixto en paz... escúchame Tito... no quiero que termine igual que como van a quedar todos ustedes—le dijo ahora Alipio a Tomcat, llamándolo por el verdadero nombre que le puso desde la infancia.

—¿Quién dijo eso?

Ahora Tomcat lucía molesto, clavando su mirada airada sobre la de Sixto Betances. Tomcat se mete la mano en el bolsillo, saca una moneda y se dirige al teléfono público en la esquina.

—¡No seas idiota, Tito! ¡Te van a pateal el trasero y tú lo sabes! Alipio seguía vociferando y pensábamos que estaba al borde de un infarto.

—¡Cría cuervos y te sacarán los ojos! ¡No sé por qué no me volé la tapa de los sesos cuando tuve el chance!

El muchacho hace la llamada que dura alrededor de cuatro minutos, mientras Alipio se reúne con su esposa Amalia, quien ha escuchado la conversación y está muy preocupada.

—Negra... dile a Gaspar que esta noche no hay dominó en el Capicú. Dile que vaya a La Cocina Olímpica. Como si no fuera suficiente... esta vez no será sólo una pelea a puño.

* * *

Alipio Arroyo era ya un hombre probado en liderazgo. Proveniente del pueblo de Patillas, servía en categoría de Enfermería de Combate con los Gimlets de la Veinticinco de Infantería. Sucedió que el batallón de los Gimlets respondía como fuerza de reserva a un ataque sorpresivo por unas tropas élites norvietnamitas en la Provincia Quang Tin. El enemigo traía alrededor de trescientas tropas, quienes tuvieron el coraje de penetrar en corrida, a pié—a bayoneta calada—un sector del perímetro defensivo. Los bravos soldados VC se movían y caían bajo una cortina de fuego liderada por la división Big Red One, entrenada en Fort Riley, Kansas. Los defensores respondían con morteros, artillería, helicópteros Cobra y una gama de ametralladoras y rifles desde trincheras bien fortificadas.

Los Gimlets fueron activados para proteger el flanco derecho del Gran Uno Rojo. Los indicios de inteligencia apuntaban a que, un ataque frontal como éste debía ser un señuelo hacia algo mayor. Era una iniciativa brutal y suicida, pero no una movida estúpida, vista en el amplio escenario de lo que significaba la Ofensiva Tet. En 1968, las fuerzas estadounidenses y sus compañeros de Vietnam del Sur tenían muchas dificultades tratando de contener los incesantes ataques en muchos frentes.

Poco después de que el Gran Uno Rojo dispuso de los atacantes, un bombardeo de artillería enemigo azotó al campamento por veinte minutos. El segundo ataque terrestre traía alrededor de mil hombres. Venían en un ángulo de cuarenta y cinco grados. Esta vez, de frente al batallón de los Gimlets.

Dentro del campamento, el General Billy Elliot—un experto estratega acostumbrado a estos días de calor en la oficina—comandaba el Big Red One. Elliot sintió que su división ponía en riesgo innecesario, al poder de comando. Tenía consigo al General, Anthony Brooke, y sabía que es un error poner todos los huevos en una misma canasta. Por esto, decidió enviar a Brooke con su Segunda Brigada, la cual estaba bajo ataque similar, a trece kilómetros hacia el este. Brooke pidió un helicóptero Huey a su compañía de apoyo aéreo para ser escoltado durante la trayectoria, por dos helicópteros Cobra.

Los Gimlets habían cavado trincheras formidables. Pero la orden del día era retrasar al enemigo con posiciones sucesivas móviles, retrocediendo y desplazándose hacia los flancos. El plan era permitir que el grueso del enemigo penetrara un área grande, para finalmente estrangularlos con las armas pesadas y los Cobras del Gran Uno Rojo.

El sargento del pelotón médico informó a Alipio y Jesús Castillo—un joven paramédico oriundo de Kingsville, Texas—que partieran con provisiones médicas. Debían esperar instrucciones adicionales, al otro lado de Hill 29, al norte de Tam Ky y sur de la Zona de Aterrizaje Baldy. Ambos empacaron sus mochilas M8 con una gran cantidad de fluidos intravenosos, vendajes, y tablillas para fracturas hechas de alambre y madera. Cada uno llevaba dos camillas y ciento veinte balas para sus rifles M-16. Castillo tomó el radio portátil PRC77 y sudando copiosamente, gira hacia Alipio.

—Salva una bala de esas para mí, si no te importa, pero solamente si es necesario—dijo el muchacho Méjico-Americano pensando que la situación era difícil.

Alipio encogió los hombros en gesto de rechazo. La estadía en Vietnam había pedido ejercer la misma vuelta en más de una ocasión. Particularmente, con soldados heridos mortalmente, clamando por el último tiro de gracia y una dosis masiva de morfina.

—Mi trabajo es salvar vidas, no quitarlas. Creo que hablo por todos los miembros de mi pelotón. Esto es lo que vamos a proyectar hasta que el enemigo cambie las cosas. ¿Te capta el interés? ¿Soy sencillo y transparente?

— ¡Alto y claro, Sargento! —expresó Castillo.

El pelotón médico había trabajado sin poder dormir, recogiendo víctimas en las últimas diecinueve horas. Así que no había tiempo para desbocarse en otras locuras. Exactamente a la hora 2337, los dos saltan dentro de un barranco de catorce pies de ancho y parten hacia Hill 29, cubiertos por la oscuridad y un sombrío muro de niebla y humo. El Teniente Sinoben, un bravío aviador de Guam es puesto a cargo de volar el Huey con el General Brooke a bordo. Parten del campamento a los seis minutos pasada la media noche.

Dada la impresión de los ruidos aparatosos, la acción en el piso sugería que estos no eran sólo mil soldados enemigos chocando con dos elementos bien entrenados del Ejército. Efectivamente, el Sargento Charles Hill de Dayton, Ohio—desde el helicóptero de Sinoben alertó al General Brooke mientras apuntaba hacia otro grupo enemigo.

—¡Oh Dios! ¡Qué columna tan bastarda! ¡Estos van a la Colina 29! —exclama Brooke mientras agarra el micrófono del radio.

Inmediatamente se comunica con el General Elliot, pide apoyo aéreo y le dice que va a dejar que un Cobra de su escolta abra la jornada, mientras llegan los aviones cazas F-4 de la Marina.

—Entendido, Tony. Quédate con un Cobra y váyanse bajo, pues vienen muchos pájaros con cargas de Napalm—responde Elliot.

Todos permanecen en silencio al escuchar al General Elliot en la radio, excepto Alipio.

—¡Si'a la madre Jesús! Espavílate, no sea que nos rieguen Napalm.

De pronto, Alipio tuvo una sensación de malestar mientras Castillo ajustaba los botones del radio. Las bombas incendiarias de Napalm producen una muerte terrible. Están hechas de gasolina gelatinosa y palmitato de sodio—un combustible que produce una combustión más duradera que la de la gasolina simple. Es una sustancia altamente inflamable y que arde lentamente. Cuando pega, arranca la piel.

El comandante de los Gimlets es el Coronel William Hill. Ordena que empujen hacia el flanco opuesto del campamento, para concentrar fuego máximo en el área siendo desocupada. Arroyo y Castillo escuchan atentamente el desarrollo de los eventos. Alipio pregunta a su teniente sobre el próximo paso a tomar. El Teniente Preston Gale, de Skokie, Illinois le ordena que esconda los equipos más grandes y que traten de evadir al enemigo. Los dos están más interesados en evadir el Napalm, y su mayor temor es que los impregnen con el pegamento ardiente. Proceden a enterrar y camuflar las camillas y un par de mochilas M8, bajo copiosas ramas de árboles y hierba elefante.

—Probablemente las van a encontrar. Esta gente huele lo que no pertenece a su tierra a siete leguas—murmura Castillo tropezando con el resto de los equipos.

Los cansados cuerpos de los dos muchachos latinos se aferran a la última gota de energía que emana del fondo de sus instintos de supervivencia. La formación en disciplina y conocimientos básicos de esta misma supervivencia es ahora la única fuerza de voluntad para mantenerse vivos. Finalmente, se mueven fuera del área antes de que la primera bomba haga trueno e ilumine lo amplio de la húmeda jungla.

Dentro del campamento los medics siguen ocupados con las víctimas de los ataques, y muchos quisieran poder contar con las manos extras de Arroyo y Castillo. Pero estos se alejan más y más del campamento.

Alrededor de tres kilómetros antes de la Colina 29 el helicóptero de Sinoben es averiado por fuego enemigo. El copiloto Jimmy Nowicki, de New Braunfels, Texas es la primera víctima. Sufre dos balazos de AK-47, una en el lado derecho a nivel de las costillas y otra en el muslo derecho. A Sinoben le pegan en el antebrazo izquierdo, pero sin mayor amenaza. Sinoben logra maniobrar el huey sobre el claro de un pantano y lo aterriza forzosamente casi de lado. Todo el mundo está golpeado debido al áspero aterrizaje. El General Brooke y el Sargento Hill intentan detener la hemorragia en las heridas de Nowicki pero ha sufrido un colapso del pulmón derecho. El oficial se ahoga en su propia sangre y sólo pueden dar primeros auxilios. El pulmón colapsado aprieta el pulmón bueno y es cuestión de tiempo para que muera asfixiado. Durante el aterrizaje, la ametralladora M60 es desplazada de su compartimiento natural y golpea a Brooke en un lateral. Tiene tres costillas rotas, pero logra mantener la situación en calma, mientras orienta y ayuda a los miembros de la tripulación.

Aunque ha sufrido algunas lesiones en las manos y las piernas, el Sargento Hill logra poner la ametralladora en su lugar. Una fuerza enemiga de alrededor de cincuenta soldados, está cerca; pero Hill los mantiene a raya con la M60. El Teniente Sinoben ahora opera la ametralladora Vulcano, calibre cincuenta, desde su asiento. El General Brooke utiliza un rifle M-16 con gran precisión, pero está a punto de desmayarse por sus heridas. El helicóptero Cobra logra dar unas vueltas de ayuda, pero se le acaban los misiles y munición, y deja el área.

Arroyo y Castillo oyen la conmoción y se acercan a ver qué ocurre.

—Jesús, si vamos adentro, es mejor hacerlo mientras está oscuro—propone Alipio. Castillo mueve la cabeza en acuerdo.

Luego establecen comunicación por radio con Sinoben. Acuerdan que Castillo irá adentro a tratar a Nowicki primero. Mientras, Alipio va a hacer algo para desviar la atención del enemigo. Se sube a una colina y comienza disparar varias armas simultáneamente. Tira una luz de bengala que ilumina todo el valle, como distracción, después de que Castillo logra entrar al helicóptero. Alipio se enfrasca en un tiroteo con el enemigo, pero se le acaba la munición y la suerte. Cae en manos del enemigo y nada se sabe de él en dos años. Jesús Castillo es reconocido como un héroe. Recibe la Medalla de Bronce y regresa con los Gimlets, a Hawaii.

* * *

Al salir el sol, la mañana de su captura, Alipio se encuentra en un lugar que parece ser un punto logístico del enemigo. Ha sido separado de otros prisioneros, pero le sorprende que sus manos no estén atadas. Un oficial del Viet Cong se aproxima.

—Puedes relajarte, soy el Capitán Reggie Ng—dice el oficial en inglés perfecto, y pregunta... ¿cuál es el tuyo?

Alipio remueve la mochila M8 de su hombro izquierdo y la deja caer al suelo. Mira directo a los ojos de otro soldado enemigo, parado a diez pies hacia su derecha. Las manos del soldado tiemblan y sangra por el muslo derecho. Alipio se dirige lentamente hacia él.

—Soy el Sargento Alipio Arroyo—contesta a Ng, quien sigue caminando hacia el soldado. Alipio mete su mano en el lado izquierdo del bolsillo de su pantalón y toma un vendaje de presión. Lo agarra con ambas manos, frente a su pecho. Lo tuerce en direcciones opuestas hasta que el vendaje se rompe. El soldado levanta su rifle AK-47 a la altura de los ojos de Alipio. Ng señala al soldado que baje el arma. Arroyo rompe el sello hermético del vendaje y deja caer la envoltura plástica al suelo. Aplica el vendaje sobre la herida del soldado enemigo, envuelve los trapos del vendaje alrededor del muslo varias veces y lo amarra.

—¿Quién es tu paramédico? —pregunta Alipio al Capitán Ng.

—No tengo ninguno, pero veo uno muy bueno. ¿Quieres trabajar para el VC?

—¿Tengo otra opción?

Ng no contesta y pregunta—¿Tienes hambre?

—¿Está usted leyendo mi mente, Capitán?

—Llámame Reggie, suena más americano.

Arroyo gira hacia el oficial, saca su cantimplora y procede a lavar la cáscara costras de sangre vieja y reseca sobre sus brazos y manos. Saca una pequeña toalla verde de un bolsillo de la camisa y se seca completamente. Luego mete la mano en el bolsillo derecho del pantalón y saca dos latas de comida. Lanza la más chica a Ng, quien la toma con su mano izquierda a nivel del hombro, sin mover un pelo. Ng mira fijo a Alipio, mira la lata y lee las palabras impresas: PEANUT BUTTER (Mantequilla de Maní.) Alipio saca la cadena que tiene colgada al cuello con sus chapas metálicas de identificación. Luego, envuelve la cuchilla del abridor de latas P38 en la lata de galletas, y murmura:

—Cuanto más lo usas mejor se pone—y se dirige a Ng.

—Capitán... ¿por qué no confiscó mi P38?

—¡Te dije que es Reggie! Eres un hombre con muchos recursos, y un soldado sin recursos no tiene valor—luego preguntó:

—¿Por qué estas metido en este infierno, Alipio?

—Usted sabe que no estoy supuesto a decirle nada.

—¡Deja la bobería, Alipio! Esto no se trata sobre la Convención de Ginebra. A principios, cuando ustedes llegaron, sus balas de goma causaron desorden. Cada vez que un soldado nuestro era herido, la maldita bala rebotaba en los huesos, causando que todos los órganos internos se desgarraran. Nos quejamos a la Convención. Pidieron a cambio que dejáramos de utilizar más de la mitad de nuestras tácticas y estrategias bélicas. Ustedes no cambiáron la bala hasta después de seis años. Para entonces, nos vimos forzados a la ofensiva Tet del 68.

Lo mejor que Alipio podía hacer era callarse la boca. Había dicho más de lo requerido, que sólo debía ser: rango, nombre, número de servicio y fecha de nacimiento. Sabía que su condición como prisionero de guerra no sería un picnic. La supervivencia tomó el control en automático pidiendo a NG buena logística en tablillas y trapos. Si llegase a conseguir morfina quién sabe la nota, pero tenía que sobrevivir para ver a su familia de nuevo.

Siete

Por alguna razón, me estaba topando con el significado de las emociones. Las Voces me estaban contagiando sus tribulaciones. A medida que compilaba más datos sobre ellos, comprendía su sentir diario, y puse una barrera entre nosotros al omitir mis propios sentimientos. Mi juventud no tenía la capacidad de aconsejarme el tanto de las respuestas sobre esta omisión. Sólo me indicaba que pusiera atención a la causa de tal estado emocional.

Por cinco días, para indagar en una honesta rendición de emociones, me alejé de los viejos y conferí con los chicos de mi clase. Hasta logré que Gloria Mónica Bazán no estuviera presente. No quería distracciones. Hicimos citas separadas, a veces, sólo dos o tres estudiantes. Nos vimos en lugares de comida rápida y hasta corrimos el metro de arriba abajo; desde downtown a la ciudad de Cícero. Todo por el placer de recopilar información variada. En el transcurso de estas reuniones, expusimos nuestras perspectivas como si fuéramos abogados argumentando casos serios ante las cortes. Durante un sábado, nos subimos en un autobús. Un compañero había escrito un guión como los de las películas en Hollywood. Esa vez éramos siete. Decidimos recorrer la ruta desde el estadio de las Medias Blancas al estadio de los Cachorros, en varias vueltas. Por cinco horas practicamos nuestros papeles ante una variedad de gente que se subía y se bajaba del bus, con reacciones de gratitud, sorpresa, y curiosidad.

Al regresar al Barrio, el chofer del bus dijo:

—¡Increíble! Todos los días mientras hago mi trabajo, sólo puedo pensar en cómo mejorar mi persona y mi familia, pero no se me ocurre cómo hacerlo. Seguimos la ruta y percibí él quiso decir aplica creatividad saliendo del cocuyo de la inactividad. (Keep yourself moving)

El hombre detuvo el bus en el Humboldt Park y se quitó una prótesis que llevaba en su pierna izquierda. Estaba hecha de madera, pero se ajustaba cómodamente sobre una amputación justo debajo de la rodilla. Nos contó que tuvo un accidente que le troncó la pierna, pero su voluntad lo ayudó a superar su aflicción y miedo a no poder volver a trabajar.

Por los próximos tres días me asocié a la inversa. Fui a ver la clase mayor. Los viejos de la Fairfield no tenían educación universitaria avanzada, pero eran sabios en los sucesos diarios. No podían explicar la visión de que, en unos cuantos años, hasta los edificios iban a ser inteligentes. No tenían la más remota idea de que los programas de computadoras de Bill Gates, Steve Jobs y Bill Joy se desarrollarían en instrumentos para controlar la luz, el agua y el gas, en muchas estructuras. Sí podían predecir el margen de éxito en la rehabilitación de una joven prostituta, adicta a la heroína. La práctica de sus experiencias le otorgaba dicha sabiduría. Y esto me recordaba que Tía Polita no sabía leer ni escribir, pero podía decirme la hora del día al minuto exacto sólo con ver la sombra de la casa reflejada sobre el batey que siempre conservó nítido con su escoba de sauce.

Las Voces me pidieron que fuera a una reunión en La Cocina Olímpica. Me tenían en la lista de aquellos con información para resolver el problema de Sixto Betances. No imaginaba cómo podría yo ayudar a que los Spanish Lords no le dieran una paliza a Sixto. Tampoco pensaba que fuera a evitar el conflicto inminente entre los Unknowns y los Spanish Lords. Pero esta vez, me subí a mi bicicleta y me fui al restaurante. No me sorprendió que al llegar a La Cocina Olímpica había un rumbón en una esquina contigua. Midnite lideraba el tumbao con sus manos moldeadas para la conga. Esta vez, con su español quebrado pero afinado el negrito afro-americano cantaba la rica plena: Yayabo, de Cortijo y Maelo. Al ver aquel compañero que Dios puso en mi camino a través de mi padre pensé en la noche del tiroteo en el Aragon Ballroom. Miré al cielo y di gracias al Creador porque esa noche nada les sucedió a Ismael Miranda y a los muchachos de su orquesta. Ahora sólo podía comparar a Midnite con otro grande de nuestra música inolvidable.

Como Midnite, Ismael era otro bárbaro en el balance de la música del solar y el trabajo digno y perseverante. A la temprana edad de cuatro años, Ismael se trasladó a Nueva York con sus padres, desde su pueblo de Aguada. Al igual que en mi niñez, los elepés de Felipe Rodríguez, Rolando Laserie, Tito Rodríguez y Beni Moré se escuchaban en su casa. Antes de triunfar en la música Ismael trabajó duro para ayudar a sus padres. Para ganarse unos centavos vendió frutas y cebollas, fue limpiabotas y también vendió palomitas de maíz en los teatros Jefferson y Puerto Rico en Nueva York. Con este fondo, Ismael desencadenó su motivación de ser productivo desde muy joven, y su talento de cantante indicaba algún día llegaría a la inmortalidad cantando, componiendo y arreglando música. Antes de entrar a La Cocina Olímpica, imaginaba que los padres de Ismael supieron manejar sus habilidades y necesidades al permitirle desempeñar estos tipos de trabajos. Quizás ellos podían hacer uso de esos centavos extra, y, posiblemente era más importante que lograra desarrollar su crecimiento como persona realizada haciendo tareas adecuadas a su edad y capacidad. Esto me motivaba a pensar que el joven limpia-carros en el diario de Edgar, no tuvo la misma oportunidad. Pero me consolaba pensar que los trabajos moldean a las personas durante el transcurso de su desempeño. De seguro, los padres de Ismael sabían que, si lograban mejorar su carácter personal por medio del trabajo, los beneficios se extenderían más allá del círculo familiar, lo que ocurre en la amplitud de cualquier sociedad y vocación. A los once años, Ismael cantó rock junto al grupo Little Junior and The Classmates. Como Midnite a los doce años, la cadencia del tambor y la sabrosura de los ritmos afroantillanos abrieron sus instintos por la conga y el bongó. Para Midnite, la plena, oriunda de los pueblos humildes de Puerto Rico como Santurce y Loiza Aldea era la faena sagrada. Al igual que Ismael, entró en contacto con la salsa, al aprender a tocar la clave y a trovar la improvisación salsera, en los rumbones de esquina. Y Nueva York fue la encrucijada de la fusión de tantos ritmos latinos.

Esto demuestra que ambos tenían deseos de compartir sus talentos con la gente del solar. Ambos tuvieron hambre por la oportunidad de compartir su conocimiento y de aprender de la experiencia, con tareas de su agrado.

El solar estaba en fuego, pero tenía que atender otros asuntos. Había estado trabajando en un periódico local: Field House Inquiry. Bobby Carrillo, un policía de carrera y administrador del Field House en Humboldt Park era el director. Al comienzo, Bobby me dijo que no iba a ganar mucha plata con mis reportajes. Le dije que la que fuera era bienvenida. El periódico servía a la gente del Barrio y, siendo bilingüe, me interesé en él, para mejorar ambos idiomas. Pronto supe que toda la ciudad estaba leyendo mis reportajes.

—Has impactado con lo negativo, pero a diario recibo retroalimentación positiva sobre tu perspectiva hacia el éxito—me dijo Bobby, mientras veíamos por televisión el rígido castigo que Roberto Durán le propinaba a Esteban De Jesús, el 16 de marzo de 1974.

Comencé a escribir sobre el dolor, la miseria y el conflicto causado por los rufianes de aquella sociedad. Entonces, se me prendió una velita en la cabeza. Me pregunté por qué es que unos alcanzan el éxito más rápido y más alto que otros. Ahora mis reportajes llevaban la insignia de la inteligencia y la ambición. Entre los cinco minutos de fama que les podía ofrecer a estos rufianes, siempre había una historia sobre el éxito extremo. Bobby recibió una carta de una anciana de raza afro-americana:

Mi querido amigo Bobby Carrillo,

Anoche leí un artículo en Field House Inquiry, escrito por Elmer Giralt, sobre la complejidad del éxito. Tu trayectoria es digna de emular y el corresponsal expresa tu sentir. No muy distante de tus grandes logros en el boxeo, tu trabajo con la juventud se percibe en lo amplio de nuestra sociedad.

Quizás no te acuerdes de mí, pero yo sí me acuerdo de ti. Fui juez en tu primera pelea de boxeo aficionado. Revisando la esencia de la inspiración de Giralt, deduzco que tus sueños, ahora serán mejor.

A mis ochenta años, concluyo que el sensacionalismo que tu corresponsal pone en sus reportajes, es la ventaja escondida. No perdiste aquella pelea esa noche. Tu récord siempre ha permanecido invicto. Durante los primeros dos asaltos, demostraste supremacía. La rapidez del jab me mantuvo impresionada, de campana a campana. No perdiste, nosotros erramos. Vimos el gancho derecho telegrafiado sobre el mentón izquierdo que te hizo daño. Casi te caes, pero no.

Fue que estabas bailando con ese estilo natural y único que te hace el mejor campeón peso mediano de la ciudad. Tus rodillas estaban cansadas. Se querían doblar, y escuché a Kike Maldonado, tu entrenador gritando...

— ¡Bobby, sal de la esquina, tira el jab, te quedan veinte segundos!

Paquito Montañez

Hemos decidido que el árbitro debió darte un aviso, para que no volvieras a girar a 360 grados. La descalificación fue injusta y perjudicial al deporte. Tu derrota ha sido anulada. Estoy segura que el mismo sensacionalismo mencionado, ha sido la ventaja escondida en tu vida. Hemos despachado la medalla que ganaste hace doce años. ¡Ahora puedes dormir tranquilo!

Bobby me reclutó para el Field House Inquiry para liderar una iniciativa de paz entre pandillas, de parte de Voces Barreto. En otra reunión, Henry Magila Prieto propuso abrir una liga de baloncesto, exclusivamente para las pandillas, para limar las asperezas en la cancha como los Taínos y su juego de batú en el batey de los yucayeques. Como todos, Magila estaba harto de la violencia entre los mismos muchachos del barrio.

—¡Si se quieren matar que lo hagan en la cancha! —dijo Henry y continuó—ahí, por lo menos pueden resolver sus diferencias a codazos. Vamos a dar el ejemplo a la ciudad.

Entonces supe que el periódico era otra voz de Voces Barreto.

—Vienes bien recomendado—me dijo Bobby y continuó—tu papel académico sobre el nombramiento de la nueva escuela, ha causado revueltas.

Yo había ido a la Universidad de Chicago a indagar la posibilidad de estudiar periodismo. Había escrito mucho en las columnas deportivas del periódico de Tuley high School pero me fascinaba más la crítica social sobre las desventajas de los latinos. Había aprendido lo suficiente para concluir que el periodismo era mi carrera. Había estado estacionado en el choque de dos lenguajes y dos culturas. Cuando me pedían reforzar algo en castellano estaba a la orden del día. Cuando me pedían pensamiento crítico sobre nuestro entorno difícil arrojaba mi sentir sin miedo a no estar políticamente correcto. Firme y dispuesto a aceptar los hechos de la calle. Diplomático.

Prefería caminar cada mañana a la escuela, solo, memorizando dos columnas de palabras bilingües. Entre estas palabras, se vislumbraban otras ideas y las plasmaba en papel, al primer instante en la cafetería escolar. Fue así que desarrollé el hábito de mantener un diario para que nadie me metiera cuentos de olvidos. Con este método, mi inglés se disparó de súbito. Sabía que el aprendizaje de lenguas es más memorización que otra cosa.

En la oficina administrativa de la Universidad de Chicago me dijeron que no había periodismo. La consejera era Wilma Cornier, latina, con una maestría en relaciones públicas. Me dijo que mi fuerza bilingüe era una creciente necesidad en Illinois. Tenían una licenciatura en Políticas Públicas y me dijo:

—Elmer, quiero que vayas a la Biblioteca Harold Washington en downtown en la 400 de la calle State. Haz una búsqueda, sólo en reportajes de periódicos, desde 1940 a la fecha. Escribe un ensayo de dos o tres páginas sobre las necesidades de los latinos. Luego vemos que dice la junta de la universidad.

No tuve problemas en la búsqueda, pero tuve que ser rápido. Fui con Gloria Mónica Bazán, pero ella no pudo entrar. ¿Sería que Wilma lo había planeado de antemano? ¿Y si era que esta pecosa se interesaba más en acicalar su bella piel bajo el sol que en los asuntos intelectuales? ¿Y dónde quedaban mis necesidades de compañía durante la búsqueda en aquella enorme biblioteca?

Algo la aquejaba, pero permanecía silenciosa, y yo no tenía tiempo para su actitud. Para sentirme mejor, me aseguré de dejarla escuchando aquella fenomenal melodía: Que Soledad, otra de Cortijo y su Combo con Maelo. No pude evitar pararme a extraer una sonrisa de aquella belleza parada ante mí, y le tarareaba un pedazo de la letra:

Alalaleee, alalee

Vi que en un momento inesperado de la vida

Yo de nuevo experimenté

Maribelén la soledad

Alalaleee, alalee, soledad del destino

Que silencio hay en mi

Es más difícil pensar, que todo se acabó

Tan de repente...

Yimboro, yeyelepuye...

* * *

Así, toda la gente en la ciudad leyó sobre la insignia de la inteligencia y la ambición de los latinos; el legado de Roberto Clemente. Y yo estaba feliz, en mi mundo de crucigramas de eventos significativos. Todo me ponía en la cúspide de mi propia ambición. Decía, con una simple alegoría de las teclas de mi máquina, todas las cosas que nadie se animaba ni a pensar en voz alta. Wilma Cornier se aseguró que todos los periódicos de la ciudad publicaran mi ensayo. Antes de que el último lector comprendiera la totalidad de la columna, el Director del Departamento de Educación de Illinois firmaba un decreto. Nuestra nueva escuela llevaba el nombre del Astro Boricua. El mismo que los peloteros de la Liga Nacional apodaron: El Bazooka, por el respeto a su potente y certero rifle desde el jardín derecho. Coach Tomoleoni me visitó. Tocó a mi puerta y me dijo:

—Antes no entendía lo de tu distracción. Pensé que los fundamentos del juego no eran de tu agrado, pero ahora comprendo lo que hacías en el fondo. Estás tratando de obtener balance entre la simpatía y lo sensible.

Pero Coach Tom no se refería a mi elegancia en tercera base. Tenía razón en eso del balance de jugar con el dilema de barajar las relaciones públicas y decir la verdad de mi gente. Estaba deseando escribir las cosas de una cierta manera, para ignorar otras. Tuve que hacer deducciones serias al entrar en el mundo de los medios. Era justo desarrollar un sentido de profesionalismo y aprender a mezclar lo real con la ilusión, por mí mismo. Si me concentraba en relaciones públicas, no habría mucho que reportar, pues no serviría a la causa de mi gente. Entonces, no duraría ni tres días en la agenda que había tomado. Por esto, no fue en la cobertura de la nueva liga de baloncesto que me di a conocer entre el bajo mundo del Barrio. Fue algo de lo más sensacionalista. Sixto Betances estaba en problemas serios. Unos chicos malos con sombrero de ala ancha lo estaban buscando y no era para darle consejos.

—¿Alipio, por qué Zito envió un detective a esta reunión? No nos podemos extralimitar, hay que permanecer neutral—hablaba con preocupación Magila en La Cocina Olímpica.

Cuando escuché la conclusión final sobre la muerte de Evaristo Ortiz me dieron escalofríos. Pero también, me sentí más cómodo al saber que Noé no fue el gatillero. Estaba seguro que Papi iba a estar mejor con la noticia. Él hubiese preferido que Noé fuera a la cárcel, antes de enterarse que había asesinado a alguien. En particular, un niño inocente con mucho futuro. La jugada, como Piraña lo había expuesto, era sólo un rumor.

Y la casa se me vino encima. Bobby Carrillo me telefoneó esa tarde.

—Elmer... ¿crees en la libertad de expresión?

Estaba en la encrucijada de mi vida. Bobby me pedía escribir la historia. Como siguiendo la premonición de Papi, Noé iba a la cárcel, junto a Tomcat, Fingers y Sixto. Sólo deseaba que las tácticas de supervivencia que Noé aprendió en la calle le ayudaran en la penitenciaría de Jouliet. Las iba a necesitar pues le tocó el revulú que ocasionalmente cuelga del rabo cada vez que hay un homicidio. Como resultado de la transacción de la escopeta, fue Sixto Betances quien la cambió por cocaína. Por lo menos, los Spanish Lords no le propinarían una violación a Sixto antes de ser encarcelado, pero lo utilizarían en los mandados adentro. Si en realidad, los Latin Kings confundieron a Evaristo con un Disciple, también pudo haber sido un plan entre los Spanish Lords y los Kings. Ambas pandillas estaban en guerra con los Disciples. Esa era la historia como yo la percibía, pero no la conocía en su totalidad. En cuanto a Joe Trapo, Bobby me dijo:

—Encontraron su cuerpo tirado en la arena del lago. No parece suicidio y el Secret Six quiere información tuya.

Entonces escuché una voz que no parecía ser de la Sociedad Barreto, en el centro del dilema:

—¡Caray! ¿No ha leído Zito las columnas en Field House Inquiry? Acaba de meter preso a Yeyo y la mitad de su cartelito. ¿Por qué no obtiene la información que necesita de ellos? ¿Y qué de los perpetradores confesos?

Me preguntaba si fue que el Teniente Zito vio en mí, la oportunidad de abrir la puerta hacia las horribles instituciones de la calle. Quizás, libertad de expresión significaba regurgitar lo incierto de mi conversación con Piraña. Lo más probable era que ahora que Joe Trapo no estaba en este mundo, debía reemplazarlo como informante al Secret Six. Pasaban muchas conjeturas por mi mente.

Prefería reemplazar a Joe Trapo como paciente de psiquiatría, antes de perder el acceso al balance de simpatía y ser sensible. De mi parte, la puerta giraba en otro ángulo. El trabajo de Zito consistía en aplicar la simpatía, en su juego de ejecutar la justicia. Él nunca revelaría sus fuentes de información a la sociedad. En cambio, mi labor era en averiguar las razones de por qué los jóvenes quieren pertenecer a entidades que fomentan el odio, violencia y tragedia. La puerta revelaba que los pandilleros vivían con una filosofía errónea. El amor de la calle. Primero, te hacían pensar que la lealtad que obtendrías de los líderes y el grupo, debía estar centrada en cohesión de equipo. Pondrían cara a cualquier conflicto por ti, pero acordarías que no ibas a ser un pussy. Que de hoy en adelante ibas a ser muy machito. No era hasta completar la iniciación, que te dabas cuenta que tal lealtad, era una ilusión. El saber que podías pasar el resto de tus días tras las rejas, y que andabas con un blanco de tiro colgado sobre la espalda, era suficiente para dudar de dicho amor. A menudo, muy tarde comprendías que eres otra rata de laboratorio para la policía, los jueces, políticos y los que viven en los suburbios. La misma gente que las pandillas urbanas piensan que están afectando, se enriquecen a costillas de su mismo tráfico de drogas. De sus ventas de armas. A costillas del aguante etnográfico; la prevención de nuestro desplazamiento a los lugares de los blancos.

—Pararte en la esquina no ayuda a proteger ningún territorio. Sólo te hace conejillo de los de a control remoto, desde las penitenciarías, controlan el billete gordo y las decisiones de alianzas.

Esas fueron las palabras de Julio Ortiz, padre de Evaristo, después del funeral de su hijo.

Yo tampoco tenía intención de revelar mis fuentes de información a la sociedad. Las pandillas consideraban mi apodo autoritario y sereno, como su propia voz para expresar que su comportamiento era producto de la vida que—según ellos—se les había negado.

Ocho

Así, toda la gente en la ciudad leyó sobre la insignia de la inteligencia y la ambición de los latinos; el legado de Roberto Clemente. Y yo estaba feliz, en mi mundo de crucigramas de eventos significativos. Todo me ponía en la cúspide de mi propia ambición. Decía, con una simple alegoría de las teclas de mi máquina, todas las cosas que nadie se animaba ni a pensar en voz alta. Wilma Cornier se aseguró que todos los periódicos de la ciudad publicaran mi ensayo. Antes de que el último lector comprendiera la totalidad de la columna, el Director del Departamento de Educación de Illinois firmaba un decreto. Nuestra nueva escuela llevaba el nombre del Astro Boricua. El mismo que los peloteros de la Liga Nacional apodaron: El Bazooka, por el respeto a su potente y certero rifle desde el jardín derecho. El profesor Tomoleoni me visitó. Tocó a mi puerta y me dijo:

—Antes no entendía lo de tu distracción. Pensé que los fundamentos del juego no eran de tu agrado, pero ahora comprendo lo que hacías en el fondo. Estás tratando de obtener balance entre la simpatía y lo sensible.

Pero Coach Tom no se refería a mi elegancia en tercera base. Tenía razón en eso del balance de jugar con el dilema de barajar las relaciones públicas y decir la verdad de mi gente. Estaba deseando escribir las cosas de una cierta manera, para ignorar otras. Tuve que hacer deducciones serias al entrar en el mundo de los medios. Era justo desarrollar un sentido de profesionalismo y aprender a mezclar lo real con la ilusión, por mí mismo. Si me concentraba en relaciones públicas, no habría mucho que reportar, pues no serviría a la causa de mi gente. Entonces, no duraría ni tres días en la agenda que había tomado. Por esto, no fue en la cobertura de la nueva liga de baloncesto que me di a conocer entre el bajo mundo del Barrio. ¡Fue algo de lo más sensacionalista! Sixto Betances estaba en problemas serios. Unos chicos malos, con sombrero de ala ancha, lo estaban buscando, y no era para darle consejos.

—¿Alipio, por qué Zito envió un detective a esta reunión? No nos podemos extralimitar, hay que permanecer neutral—hablaba con preocupación Magila en La Cocina Olímpica.

Cuando escuché la conclusión final sobre la muerte de Evaristo Ortiz me dieron escalofríos. Pero también, me sentí más cómodo al saber que Noé no fue el gatillero. Estaba seguro que Papi iba a estar mejor con la noticia. Él hubiese preferido que Noé fuera a la cárcel, antes de enterarse que había asesinado a alguien.

En particular, un niño inocente con mucho futuro. La jugada, como Piraña lo había expuesto, era sólo un rumor.

Y la casa se me vino encima. Bobby Carrillo me telefoneó esa tarde.

—Elmer... ¿crees en la libertad de expresión?

Estaba en la encrucijada de mi vida. Bobby me pedía escribir la historia. Como siguiendo la premonición de Papi, Noé iba a la cárcel, junto a Tomcat y a Sixto. Sólo deseaba que las tácticas de supervivencia que Noé aprendió en la calle, le ayudaran en la penitenciaría. Las iba a necesitar pues, le tocó el revulú que ocasionalmente cuelga del rabo, cada vez que hay un homicidio. Como resultado de la transacción de la escopeta, fue Sixto Betances quien la cambió por cocaína. Por lo menos, los Spanish Lords no le propinarían una violación a Sixto antes de ser encarcelado. Si en realidad, los Latin Kings confundieron a Evaristo con un Disciple también pudo haber sido un plan entre los Spanish Lords y los Kings. Ambas pandillas estaban en guerra con los Disciples. Esa era la historia, como yo la percibía, pero no la conocía en su totalidad. En cuanto a Joe Trapo, Bobby me dijo:

—Encontraron su cuerpo tirado en la arena del lago. No parece suicidio y el Secret Six quiere información tuya.

Entonces escuché una voz que no parecía ser de la Sociedad Barreto en el centro del dilema:

—¡Caray! ¿No ha leído Zito las columnas en Field House Inquiry? Acaba de meter preso a Yeyo y la mitad de su cartelito. ¿Por qué no obtiene la información que necesita de ellos? ¿Y qué de los perpetradores confesos?

Me preguntaba si fue que el Teniente Zito vio en mí, la oportunidad de abrir la puerta hacia las horribles instituciones de la calle. Quizás, la frase libertad de expresión significaba regurgitar lo incierto de mi conversación con Piraña. Lo más probable era que ahora que Joe Trapo no estaba en este mundo, debía reemplazarlo como informante al Secret Six. Pasaban muchas conjeturas por mi mente.

Prefería reemplazar a Joe Trapo como paciente de psiquiatría, antes de perder el acceso al balance de simpatía y la sensitividad. De mi parte, la puerta giraba en otro ángulo. El trabajo de Zito consistía en aplicar la simpatía, en su juego de ejecutar la justicia. Él nunca revelaría sus fuentes de información a la sociedad. En cambio, mi labor era en averiguar las razones de por qué los jóvenes quieren pertenecer a entidades que fomentan el odio, violencia y tragedia. La puerta revelaba que los pandilleros vivían con una filosofía errónea. El amor de la calle. Primero, te hacían pensar que la lealtad que obtendrías de los líderes y el grupo, debía estar centrada en cohesión de equipo. Pondrían cara a cualquier conflicto por ti, pero acordarías que no ibas a ser un pussy. Que de hoy en adelante ibas a ser muy machito. No era hasta completar la iniciación, que te dabas cuenta que tal lealtad, era una ilusión. El saber que podías pasar el resto de tus días tras las rejas, y que andabas con un blanco de tiro colgado sobre la espalda, era suficiente para dudar de dicho amor. A menudo, muy tarde comprendías que eres otra rata de laboratorio para la policía, los jueces, políticos y los que viven en los suburbios. La misma gente que las pandillas urbanas piensan

que están afectando, se enriquecen a costillas de su mismo tráfico de drogas. De sus ventas de armas. A costillas del aguante
etnográfico; la prevención de nuestro desplazamiento a los lugares de los blancos.

—Pararte en la esquina no ayuda a proteger ningún territorio.
Sólo te hace conejillo de los de a control remoto, desde las penitenciarías, controlan el billete gordo y las decisiones de alianzas.

Esas fueron las palabras de Julio Ortiz, padre de Evaristo, después del funeral de su hijo.

Yo tampoco tenía intención de revelar mis fuentes de información a la sociedad. Las pandillas consideraban mi apodo autoritario y sereno, como su propia voz para expresar que su
comportamiento era producto de la vida que—según ellos—se les
había negado.

* * *

Al trasladarme a Chicago, me encontré con un paquete envuelto
en las mismas situaciones de las historias vividas y escuchadas.
De una forma u otra, cada situación sobrepasaba la línea de
aventuras agradables y las no tanto. Espacio de aventuras que
moldeaban mi pensamiento joven hacia momentos gratificantes.
Las anécdotas, curiosidades, casos y cosas servían de atuendo
para manejar la tensión dramática del Barrio. Como la ansiedad
de los tecatos, al tratar de dejar el vicio tras la botella plástica

anaranjada de metadona, las lecciones se aprendían día a día—
con los vómitos y todo, ante el relapso de mucha incertidumbre.

Antes de conseguir un buen programa universitario de periodismo, tenía que asimilar la Teoría de Murphy—si algo puede
fallar, va a fallar. Para mi sorpresa, la aplicación para ayuda
federal en mis futuros estudios fue desaprobada. El día que re-
cibí la mala noticia, comencé a visualizar la forma en que el lote
de vagabundos en el área vivía cogiendo Welfare—el denominado
programa de asistencia social para ciudadanos de bajos recursos. Los certificados de matrimonio desaparecían. Mientras
más hijos las madres solteras tuvieran, el gobierno federal les
daba más cupones y un cheque mensual. Entonces los maridos
y chillos lo frotaban sobre la pintura y el cuero del Cadillac. Era
común ver a estos individuos vestidos con prendas populares
de pimp. El personaje de la película: Super Fly era la efigie ado-
rada para los inversionistas en la droga y el tráfico ilegal de
armas. Aquí, el pobre era afluente. La clase media trabajadora
se encargaba de pagar los impuestos para que estos vagabundos
siguieran viviendo a sus anchas. Una actividad espectacular y
lucrativa era la de prestar el número de seguro social, a un inmigrante ilegal. El esquema consistía en aplicar para trabajo,
por supuesto, en el mismo lugar de un padrino. El inmigrante se
rompía el espinazo, cotizando seguro social para el dueño del
número, y ambos se repartían el botín. ¡Una botella modificada!

Empero, estas situaciones sirvieron como senda genuina a pensar con serenidad; para vizualizar el progreso futuro.

—Be all you can be (Sé todo lo que puedes ser)—dijo Tito Brignoni, cuando firmé el contrato por tres años con el Ejército.

En el pasillo estaba un sargento afro-americano del Marine Corps girando la cabeza en desacuerdo, pero sus ojos desplegaban un brillo de simpatía y gratitud.

—No estoy listo para el Marine Corps—le había dicho unas horas antes al sargento vestido en aquel imponente uniforme de la otra maquinaria de respeto y disciplina.

* * *

Tito Brignoni me preguntó si estaba en buenas condiciones físicas para ir pronto a boot camp. Le respondí que estaba en excelentes condiciones físicas.

—Pues te recojo mañana a la hora 0430 y nos vamos al aeropuerto O'Hare. Allí mismo hacemos una corta ceremonia de juramentación y te envío al entrenamiento—dijo el reclutador, sobando la nieve de los años del pronunciado blanco en su cabellera. Y con esto, sabía que Gloria Mónica Bazán se quedaría atrás por un tiempo; algo afligida.

Y me preguntaba si en el Ejército iba a encontrar otro paquete envuelto en las mismas situaciones de las historias vividas y escuchadas; como las que se encontraron los veteranos, Parsi Brazeti y Alipio Arroyo.

En efecto, esa noche Parsi Brazeti estaba entre los muchachos en Freddie's Pool House. La música no podía faltar. La vellonera (traganíquel) tocaba una celebrada melodía de la salsa clásica:

Planté Bandera—de Tommy Olivencia y vocalizada por Chamaco Ramírez. Brazeti me preguntó si quería escuchar más música de Tommy y Chamaco. Le dije que mis preferidas eran: A la Yumbae, Evelio y la Rumba, A mi Pai Changó y Trucutú.

Parsi Brazeti se había jubilado unos días atrás y le pregunté si era el mismo que Emma conoció en Schofield Barracks.

—¡El mismo que viste y calsa! —contestó con entusiasmo, y Alipio tomó la rienda de la conversación.

—Lord Sereno... ¡bienvenido a la guerra!

Ahora que había hecho un giro extremo, me sentía un poco extraño. Sólo era un chico latino de la Villa del Capitán Correa que conocía la milicia, por la misma perspicacia y sensibilidad que los héroes de la Sesenta y Cinco de Infantería—los Borinqueneers de mi tierra dieron su medida de respeto, durante el conflicto de Corea. Sabía que los puertorriqueños somos altivos en nuestro modo nacionalista, pero muy humildes y conscientes de los retos modernos. La guerra era uno de esos retos, y a veces era el horizonte más brillante para definir la doble sombra de nuestra patria. Los ciento-veinticinco Borinqueneers que ganaron la Medalla de Plata y los cuatro con la Cruz del Servicio Distinguido, elevaron el espíritu borinqueño al extremo del logro humano. Entre nuestro orgullo forjado en tricolor y una estrella, estaba el prejuicio foráneo. No obstante, la voluntad de consistencia de carácter y valores de estos héroes inspiró gran confianza en muchos jóvenes más tarde; durante la era de Vietnam. Los Borinqueneers fueron parte de nuestros ilustres. Personalidades en busca de acciones progresivas hacia la tolerancia y la innovación. Y con esta seguridad, la nueva guerra en mi vida no sería signo de preocupación.

—Que te diviertas en Panamá y no dejes que te muerda una tigrilla de selva—eran las palabras de aliento de Alipio Arroyo, en esta noche de despedida.

En la manera estupenda que Alipio me sirvió como consejero, así era su récord de combate. Entendía el sentido profundo de los eventos humanos, en las decisiones diarias y de carrera. Junto a él y otros miembros de Voces Barreto, descubrí el verdadero significado de la tutela—aquella que se construye sobre la fundación de la confianza. Había presenciado a Alipio muchas veces, en sus dolores de cabeza con su hijo, pero con mucho liderazgo. Nunca dio a entender que yo podría enfrentar un reto específico en mi nueva carrera. Igual al resto de las Voces, Alipio prefería que yo mismo ajustara mi comprensión de cómo la gente se mueve en el escalafón de los sucesos. Debía comprender cómo se utilizan los instintos y las experiencias adquiridas en la subida de los cambios y los fenómenos. Esta túnica llamativa era proveniente de los métodos de Voces Barreto, o quizás, de aquellos próceres en tricolor o de la experiencia con la otra sombra del norte. Implicaba que, quien recibe consejos debe utilizarlos en su vida personal y profesional. Métodos que aun percibía como experimentos. No comprendía que el repertorio de las Voces llevaba estampa de comunicación colectiva con intención de resultados. Aun cuando las cosas se ponen color de hormiga.

—Así como en maniobras militares, el combate real de la vida te enseña a aceptar el resultado, bueno o malo—reverberó Alipio,

al son que la vellonera tocaba la melodía Siete Pies Bajo la Tierra, de Ismael Rivera con Kako y su Orquesta.

Nueve

Tito Brignoni llegó a la hora 0420, estacionó su carro de recluta y me tocó la puerta con firmeza.

—¿Cuánto hace que no ves a tu familia en Puerto Rico? —me pregunta con tono inquisitivo.

—Uyyy...van casi cuatro años.

—Mira Elmer, hasta que formalmente no jures fidelidad a los Estados Unidos, no eres pertenencia del Ejército. Cuando lo hagas, no hay vuelta atrás... eres instrumento desechable.

—Creo que ya sabía esa parte.

—¿Te gustaría jurar bandera en Fort Buchanan? Alipio Arroyo va con nosotros.

—¿Tienes un permiso especial para eso? Me gustaría que Alipio participe en mi juramentación. ¡Sería un honor!

—Claro... y te digo otra cosa. Te mentí, así como mienten muchos reclutas. Desde que firmaste el contrato eres chatarra. Eso de jurar bandera es sólo una formalidad.

—Ah... una mentira piadosa, verdad.

Al día siguiente, llegamos al aeropuerto Luis Muñoz Marín en San Juan. Allí nos esperaba Chuito Ozores, el enlace de Fort Buchanan con el aeropuerto. Nos subimos a una mini-van blanca y en quince minutos entramos por la garita principal. Nos dirigimos al hotel El Caney, donde pasamos la noche. Al día siguiente, Brignoni me avisó que el oficial para mi juramentación estaba en Fort Allen. Esta era una pequeña base de la Guardia Nacional en el pueblo de Juana Díaz, a doce minutos de Ponce. Nos subimos a la mini-van de Chuito y viajamos el trayecto, disfrutando del paisaje imponente al bajar por Caguas, Cayey y Salinas. Alipio iba sentado en el asiento trasero conmigo. Me contó que conoció a Parsi Brazeti en Schofield Barracas, antes de ir a Vietnam.

Brazeti y Arroyo se encontraron en la clínica de terapia física, dentro del antiguo fuerte de infantería. Ese día Parsi estaba bastante acongojado. Había renunciado a su posición de Sargento-Primero porque no pudo completar una carrera de seis millas con su compañía. Tenía sus dos rodillas en muy mal estado. Las carreras en formación eran la primera orden matutina en la Veinticinco de Infantería. El duro pavimento era implacable. Los líderes lo sabían, pero había que seguir para probar que el soldado a pie, puede ir lejos.

—Corríamos al ritmo de las cadencias de más de dos siglos, han inspirado el espíritu guerrero. Nos ayudan a mostrar al mundo que la cohesión hace la diferencia entre ganar y perder.

Con esta afirmación, Alipio recordaba cómo la brisa fresca del Océano Pacífico acariciaba el olor de las piñas que emanaba desde los sembradíos alrededor del fuerte. La preparación física culminaba cuando el sol aparecía sobre Pearl Harbor. Luego de una ducha y un desayuno, muchos soldados se desviaban hacia la clínica de terapia física.

Esa mañana, Brazeti llegó en bicicleta, y sin aún conocer a Alipio, le comentó que el lugar se le parecía más a un batallón de paracaidistas, después de saltar a un estanque de cocodrilos. Parsi sentía la necesidad de desahogarse, y Alipio era la persona indicada.

—Seis años atrás, tuve problemas para completar la prueba de las dos millas. Pero este no es el carrizo que le partió la joroba al camello. Desde el corazón de mi jornada diaria empujando tropas, siempre traté de lidiar con las lesiones. Y como se esperaba, mis deberes cargaban la responsabilidad silenciosa de aconsejar a otros sobre sus propias lesiones.

Por consiguiente, Alipio y Parsi forjaron una amistad y lograron que los asignaran a la sección del cirujano de la división. Su trabajo combinado consistía en desarrollar la necesidad de evaluar la exposición a los riesgos militares y otros obstáculos, que le quitaban calidad de vida a la preparación militar.

Junto a la rareza singular de no saber ni pío sobre este nuevo trabajo de lápiz y papel, Alipio y Parsi conocieron dos damas

excelentes—Millie Zakata y Emma Aviles. A principio, Millie dijo que Alipio estaba muy demacrado. Que dejó en Corea algunos de sus encantos, pero como su psicóloga, haría lo mejor para que Alipio se acostumbrara a dormir sin preocupaciones. Le aseguró que, con el tiempo, las pesadillas con los chinos cesarían. Millie Zakata no sabía que pronto Alipio iba a crear otro juego de malos sueños. No le prometía nada más, pues su corazón oriental estaba fijado en el aviador Kelvin Kahué.

Una noche de farra, el General Anderson—comandante de la división—llamó a todos los oficiales y sargentos a una fiesta. Dijo que vinieran con vestimenta Aloha. Se refería a chancletas, pantalones cortos y camisa de playa. Quería celebrar, en el Parque Kapiolani de Honolulu, el dominio de la Veinticinco, cuando pelearon en el conflicto de Corea. Los soldados le cantaron Happy Birthday al General y en vez de soplar las velas—por estar pasado de tragos—se las comió, con candela y todo. El General bailaba buena música de las montañas de Kentucky, Tennessee y Georgia. Millie Zakata estaba ahí, y Kelvin Kahué la sorprendió, proponiéndole matrimonio. Entre la multitud, Parsi divisó a Emma bailando una canción romántica de Elvis Presley. Interrumpió y se la llevó hacia la soledad de los frondosos jardines que complementaban el oleaje de Waikikí. Ahí se enteró que Manrique había tomado una decisión drástica. Emma recibió un telegrama donde Manrique le decía que el tiempo de separación fue la mecha que prendió la pólvora del descontento. La ciencia y la tecnología eran más importantes que la familia. Manrique dijo que ahora su trabajo estaba centrado en la neurociencia, y que había muchos adelantos esperando. Dijo que su labor estaba desplazada en distintos laboratorios, países y continentes. Además, tuvo una mala travesía. El hombre de apellido Beling fue asesinado, pero el tema era obsesivamente secreto para discutirlo por telegrama. Según Manrique, la única solución para mantenerse como familia era a través del Programa de Protección de Testigos. Emma estaba desesperada y tomó un barco hacia Panamá.

—¡Dime que no entraste al programa! ¡Dímelo! ¿Por qué hemos de desaparecer mi hijo y yo? ¡No hemos hecho nada!

Manrique había sido iniciado en el Programa y confesó que no iba a penalizar a nadie por sus atrevimientos.

Al bajar aquella empinada carretera, nunca imaginé que la adquisición de grandes conocimientos nos guíe a otras ecuaciones que no pueden esperar solución.

—No todos estamos preparados para saltar de aviones con una mochila de veinte kilos a cuestas. Y con razón, hay una lista que dejó su marca, yendo más allá del sacrificio y el deber—me dijo Alipio Arroyo.

***

Ya situados en Fort Allen, nos dijeron que el oficial para la ceremonia venía en helicóptero. Esperamos lo que pareció una eternidad. Justo cuando el pájaro toca tierra, tuvimos que virar nuestras caras para protegernos de los desechos volantes. La

puerta se abrió y el Presidente Jimmy Carter salió del helicóptero.

—¿Qué sucede? —Pregunta Alipio mirando a Brignoni, pero Tito está en silencio y sonriente.

Mientras el grupo da un rápido saludo militar, el Presidente estrecha la mano de Alipio. No pude evitar ver que del helicóptero sale un hombre de edad avanzada, delgado, de aspecto asiático y con barba blanca bien acicalada. Está vestido con camisa hawaiana y pantalones cortos de color blanco. El hombre prende un pedazo de cigarro, y el olor a tabaco se siente tan pronto el viento de las hélices se calma.

—Señor Arroyo—dice el Presidente con pronunciamiento perfecto y pregunta:

—¿Le dijeron el motivo de estar aquí?

Alipio mira a Chuito. Luego mira al hombre asiático y dice:

—Es por mi abridor de latas... Finalmente viene a confiscar mi P38.

Entonces, el hombre asiático se aproxima, mira a Alipio directo a los ojos y dice:

—¿Serías tan amable de asumir la posición de atención? ¡Suena más americano!

Entonces el hombre le clava el imperdible de la Medalla de Plata en la camisa de Alipio y le susurra al oído:

—La primera vez que vine a Puerto Rico fue por una razón forzada. Vine a asegurar que el discurso de Luis Muñoz Marín se
utilizara a beneficio del aparato. Había que rastrear a algunos
muchachos con machetes en tu patria. Como felinos de estudio.
También estuve forzado a no aplicar el ingrediente de moralidad
al mismo orden y justicia que Muñoz Marín mencionó en Kansas. Ser insensible e indiferente es como un desayuno sin recursos; con cero galletas y palabras anchas en lata angosta.
Nuestra labor ha sido desclasificada.

quí estoy. He arribado a Panamá. Me apeo de un pájaro C-130 en Howard Air Force Base. Al completar un rápido chequeo de seguridad, me subo a la guagua, que lleva el radio a toda máquina. La música me recuerda que la vida te da sorpresas, sorpresas te da la vida—al singular estilo de Rubén Blades y su popular canción Pedro Navaja. Me siento en el primer puesto, pues quiero conversar con el chofer, sobre esta linda tierra. Me dice que los extranjeros prefieren hablar de sus propias tierras, tratando de enfocarse en ellos mismos. No creo que lo diga porque los estadounidenses piensan que algo aquí les pertenece, sino que el país huésped debe ser objeto de adulación y simpatía. Esto es lo primero en mi agenda, aquí donde abundan los peces. Y así empiezo a ordenar otra montaña de experiencias centrado en otra gente, y no sólo en mí.

Como dos semanas antes, un compañero de Boot Camp me dijo a mi llegada a Panamá me ayudaría un patrocinador—aquel que me daría la bienvenida y me llevaría a conocer los lugares de importancia para mi desempeño profesional. Le dije al chofer que iba al edificio 520, en Fort Clayton. En efecto, cuando llego y subo al tercer piso, mi cama está hecha, y contemplo el exuberante panorama a través de la malla contra mosquitos en la ventana. Tengo deseos de ver la ciudad.

Pero primero tengo que conocer a mi patrocinador. Como a eso de las 6:30 p.m., voy al edificio 519 a conversar con Ventura Rodríguez y Jorge Senquiz y, no para mi asombro, están escuchando el timbre popular de Frankie Ruiz con la Orquesta La Solución. Es la melodía romántica: La Rueda. Ambos están de turno trabajando como equipo paramédico para la ambulancia en la clínica que, desde ahí, ha funcionado por décadas. Ventura tiene un yeso que le cubre la mano y la muñeca derecha a causa de una fractura haciendo ejercicios matutinos.

—Estoy asignado a American Forces Network—les informo que me refiero a la red de radio y televisión del Comando Sur.

Después de un rato, veo que Ventura se inclina sobre el bote de basura y revuelve unos papeles arrugados mientras dice:

—Me dieron la tarea de patrocinar a alguien que está por llegar. Tiene un nombre muy raro... como de cantante.

En eso se incorpora, abre una bola de papel, y la plancha con la mano sana, apoyándola sobre un escritorio. Antes de hablar otra palabra, se le pone la cara de varios colores. Luego de unos segundos me mira de frente con sospechas, se sonríe y dice:

—¡Sabía que no la había botado! La carta indica que se llama... Elmer Giralt.

—¡Te lo dije! —exclama Ventura mientras salta—te dije que tiene un nombre rarísimo. Hay que llevarlo al Chorrillo a comer pescao frito con patacones, a ver a Roberto Manos de Piedra Durán saltar soga en el Gimnasio "Neco" de la Guardia, llevarlo a las carreras de auto en Albrook con Rodrigo Terán.

Ventura cumple todo lo prometido, pero por días estoy preocupado. No sé si Gloria Mónica Bazán llegará por aire o por barco. Hice varias llamadas telefónicas a Edgar y a Emma, pero no los consigo por ningún lado. Finalmente, tía Alessandra me contacta y me dice que ya ha llegado por el Puerto de Balboa. Tomo un taxi y le digo al chofer que se apresure. Al llegar, trato de divisar el premio preciado, pues confío en aquella fina y profunda letra de Rubén Blades que escuché en la guagua: Cuando lo manda el destino, no lo cambia ni el más bravo.

En efecto, Gloria Mónica Bazán está bajando la rampa. Luce como la prenda más bonita del sitial. Viene con su bata adorná, vestidita de rojo y otra cinta colorá. Le doy un beso cálido y parece que quiere otro. En eso, escucho una voz familiar de mujer. Me volteo y veo a Emma. A su lado están Edgar y Parsi Brazeti. También, como sesenta muchachos de Voces Barreto haciendo todo tipo de escándalos de júbilo.

—Entiendo que mi iniciación ha terminado y hoy vamos a celebrar en grande en Eskorpio, Open House, la Number One, o adonde rayos me quieran llevar—afirmo a Voces Barreto mi aceptación en la Sociedad.

Luego, un hombre simpático, alto, como de treinta, vestido en mahones, zapatillas y una camiseta simple se aproxima entre el grupo. Trae mirada y actitud decidida. Tan pronto ve a Gloria Mónica Bazán, queda perplejo y pronuncia una palabra entre suspiros.

—¡Escarlata! Y la abraza con ternura, mientras yo siento que es verdad lo de Pedro Navaja. Si nací pa martillo, pues del cielo me han caído los clavos.

Luego el hombre se dirige a Edgar, saca del bolsillo de su camisa lo que parece ser un pedazo de gamuza. Sí, eso es. Abre la gamuza con sus manos ásperas, y saca un medallón. Lo pone con mucho cuidado en la palma de la mano de Edgar. La Medalla Roosevelt de su padre. Y no es hasta aquí que Emma y Edgar descifran el hombre es Mateo Blair, el limpia-carros. Entonces los tres se arropan en un abrazo perenne como una celebración familiar cuando faltan cinco pa las doce. Como en la canción de Felipe Rodríguez (La Voz.) Después de un minuto, todos en Voces Barreto—al unísono gritamos—¡El giro del solsticio zoneíta!

Luego, Mateo—mientras hamaquea sus finos oídos tras nuestros gritos de algarabía—remueve la cinta roja que cruza el bonete de la Ford del 40. Saca una lanilla de tela vieja, pero conservada y comienza a frotar con gentileza el viejo espejo sobre la preservada pintura. Como si aquella alma revestida de escarlata hubiese esperado por años en silencio, el murmullo de las mil palabras de la esperanza.

Paquito Montañez es oriundo del Pueblo de las Leyendas; San Lorenzo, Puerto Rico. Triunfó y supervivió en capacidad de Combat Medic en el U.S. Army por más de dos décadas. Lord Sereno fue su primer trabajo literario, el cual tomó siete años después de su jubilación. Escribió primero en inglés y luego en español su segunda novela, Editor de Panamá, un "thriller" geopolítico. Para el 2012 estaba bien metido en Piedra de la Capicúa, la tercera y la que Paquito mismo dijo es un ejercicio en la construcción de arquetipos. Entonces, un amigo le pidió tutoría para obtener la licencia de bienes raíces.

Olmedo Salinas, personaje en Editor de Panamá, necesitaba estudiar. En cuatro meses, Paquito publicó la Guía del Agente Inmobiliario, un manual de estudio destinado a la memorización, pues la Examinación Nacional es para los que saben embotellar conocimiento.

La obsesión magnífica sobre el juego de pelota llevó a Paquito a publicar Tejeduría del Béisbol (Fabric of Baseball) en el 2016. Dice que aún queda combustible en el tanque para explorar algo futuro.

Primero a Dios, a mis padres y antepasados por el primer regalo de la Creación. Es por estas fuentes he sido bendecido con las habilidades para presentar este libro. Sea cual sea la utilidad, depende en gran medida a los esfuerzos y el talento profesional en mucha gente maravillosa. Sea cual sea la debilidad o fallas en esta obra, la responsabilidad es mía en su totalidad.

Las ideas y pensamientos en aventuras sobre el éxito, el legado cultural y las maquinarias sociales no dependen de un solo individuo. En esta agenda tan variada, el poder de una sola mente creativa no existe. He sido bendecido con poder capitalizar de las oportunidades, de minimizar los errores, reflexionar en el juego de las decisiones y pertenecer a la cepa de gente que ama el progreso. Las armas de poner en acción la mente creativa no son efectivas si no se utiliza el poder de otros. Los sables de su visión, experiencia y reacción a los conflictos fueron sinónimo de imponer una nueva perspectiva. Hasta no capitalizar de la sabiduría, la orientación y consejos y colaboración de los colaboradores, no se percibe lo brutal del castigo físico, mental y emocional al escribir un libro.

El crédito por hacer esto relevante y significativo, debe ir a mis primeros mentores en Chicago. ¡Les debo la vida! Un millón de gracias a mis desarrolladores de habilidades en las trincheras, colegas académicos y compañeros veteranos. Ustedes contribuyeron mucho con su gracia y buena voluntad al demostrar que la amistad endurece la fortaleza en equipo; el segundo regalo.

Me mantengo agradecido por la persistencia y apoyo de parte de mi esposa, Lisbeth. Tu fe firme me dio el ánimo de continuar creciendo en mente, cuerpo y espíritu. Pero no podría concluir sin revelar el tercer regalo de Dios y nuestros antepasados. A mis hijos y nietos, ustedes siempre han sido las fórmulas exactas a prueba de sol, agua y viento en mi vida; el código secreto de mi éxito.